给青年的
十二封信

朱光潜 著

中国长安出版传媒有限公司

图书在版编目（CIP）数据

给青年的十二封信 / 朱光潜著 . -- 北京：中国长安出版传媒有限公司 , 2025. 1. -- ISBN 978-7-5107-1165-7

Ⅰ . D432.63

中国国家版本馆 CIP 数据核字第 20247LH871 号

本著作物经北京时代墨客文化传媒有限公司代理，由权利人授权在中国大陆出版、发行中文简体字版本。

给青年的十二封信

朱光潜 著

出版发行	中国长安出版传媒有限公司
社　　址	北京市东城区北池子大街 14 号（100006）
邮　　箱	capress@163.com
责任编辑	刘英雪
策　　划	黄 利　万 夏
营销支持	曹莉丽
特约编辑	高 翔　许碧涵
装帧设计	紫图图书ZITO
发行电话	（010）66529988 - 1321
印　　刷	艺堂印刷（天津）有限公司
开　　本	889 mm×1194 mm　32 开
印　　张	5.75
字　　数	139 千字
版　　次	2025 年 1 月第 1 版
印　　次	2025 年 1 月第 1 次印刷
书　　号	ISBN 978-7-5107-1165-7
定　　价	55.00 元

读书的方法

  书籍能够使我们穿越时空,寻找到知音和心灵的导师。不仅如此,阅读也是自我反省和不断更新内在的必要方式。如何才能真正有效地阅读一本书呢?人的精力和时间有限,许多书没有读的价值,所以谨慎选择很重要。对于值得阅读的书籍,第一遍可以快速浏览,掌握全书的主旨和结构;第二遍则要细致品味,带着批判的眼光去思考内容,并记录其中的精彩部分和启发性观点。

20世纪著名的舞蹈画

"动"是一种通过活动和运动释放内心压抑与烦闷,从而获得愉悦与舒畅的方式。朱光潜在《谈动》中写道:"愁生于郁,解愁的方法在泄;郁由于静止,求泄的方法在动。"这里的"动"不仅指身体的活动,更是心灵的释放。作者列举了著名作家歌德少时因失恋差点轻生,但在创作激情的驱动下,他转向写作,最终完成了《少年维特之烦恼》。这一创作过程成为他释放内心郁结、化解冲动的途径,生动诠释了"动"的意义。

《夜间的露天咖啡座》

  朱光潜多次提到"领略"的概念，强调它是一种从生活中发现趣味的能力，而这需要内心的宁静。他认为，唯有静心，才能敏锐地捕捉生活中的美。凡·高的《夜间的露天咖啡座》生动描绘了夜晚一家咖啡馆的静谧景象：深邃的夜空中群星点点，如同夜幕上的灯火闪烁。这种"静"并非单指环境的寂静，而更是一种心灵的安然与空灵。正是在这样的心境下，我们得以触碰生活的细微之美。领略之道，不止于趣味的发现，更在于对美的深刻感悟与理解。

天安门广场的游行

　　1919年5月4日,北京的学生们在天安门广场上举行了一场声势浩大的示威游行。朱光潜在讨论中学生参与社会运动时,并没有一味地鼓励或反对,而是分析了其中的利弊。他指出,中学生参与社会运动需要理性对待,不能空谈革命而忽视学业,也不能完全排斥社会运动的教育意义。他认为,青年应当参与社会运动,但必须在保证学业的基础上进行,否则可能会本末倒置,影响个人的成长和发展。

《松荫谈道图》

  朱光潜在《论十字街头》中,提到了一个有趣的现象:学术思想一旦走出象牙塔,进入公众视野,往往会被世俗化。昨天的殉道者,今天可能成为市场的偶像,而他们真正的精神面貌往往因此被玷污。例如,老庄变成了白云观里静坐骗铜子的道士,易学则成了街头摆摊卖卜的江湖客,佛学则沦为祈财求子的三姑六婆和秃头肥脑的蠢和尚。在学术与市场的较量中,如何保持自我,如何不被世俗化,这是一个值得深思的问题。

《生命之舞》

《生命之舞》是挪威表现主义画家爱德华·蒙克于1899至1900年创作的油画，它以舞蹈的形式，展现了生命的多样性和复杂性。这种对生命复杂性的表达与朱光潜"多元宇宙"的概念相呼应。朱光潜认为，人生是多方面的，发展到极致都有其特殊宇宙和价值标准。"道德的宇宙"以善恶为根本，"科学的宇宙"以真伪为准，"艺术的宇宙"衡量美丑，而"恋爱的宇宙"则因纯真而神圣。因此，不能用单一标准来评判事物，而应尊重每种视角与体验的独特性。

西方绘画中的大学

　　大学自古以来就是知识的殿堂，学生可以从老师那里汲取思想，与同辈分享见解，深入探讨学术问题，探索自由的思想。在《谈升学与选课》一文中，朱光潜指出，选择学校时，最重要的是关注其整体氛围，特别是是否有真诚的教师和友善的同学。进入大学后，选课时应根据自己的兴趣和天赋做出选择。可以问问自己：这门课程是否能激发我的兴趣？如果它与自己的兴趣和能力相契合，便能最大限度地激发潜能，发挥个人的才智。

托尔斯泰在书房里写作

  朱光潜在《谈作文》中详细阐述了写作的基本原则和方法,强调了叙事和状物的重要性,并提出了具体的写作技巧和修改方法。他建议初学者多读书,模仿优秀的作品,进行描写文和记叙文的练习,通过大量的输入和模仿,逐渐形成自己的写作风格。他还以列夫·托尔斯泰为例,说明优秀的作品往往需要反复推敲和修改才能达到完美的状态。

《孟母教子图》

孔子提倡仁，孟子推崇义，但朱光潜认为，仁重于义，情感的生活胜于理智的生活。人不仅要具备知识，更应拥有感受。理智的生活往往过于片面，强调理性而忽视情感，难以构建理想的生活和文化。以孝道为例，如果只讲理智，父母对子女的付出就无法得到认可，子女对父母的爱也显得苍白无力。但从情感的角度看，孝是一种爱，是心与心的交流，是情与情的感动。

《安提戈涅》

　　黑格尔认为，悲剧源于两种理想的冲突，而《安提戈涅》是最好的实例。朱光潜在此基础上指出，"舞台上的悲剧生于冲突之得解决，而人生的悲剧则多生于冲突之不得解决"。很多时候，人们明知自己渴望的是什么，却又放不下正握在手中的。哪怕手里的东西是鸡肋"食之无味"，却因为"弃之可惜"而痛失真正的心之所向。朱光潜曾言，这并非"见不到"，而是"摆脱不开"。"摆脱不开"正是人生悲剧的根源。

《蒙娜丽莎》

  去巴黎卢浮宫观摩《蒙娜丽莎》的原迹,是朱光潜生平最快意的一件事。他仿佛感受到了希腊、罗马以及中世纪文化中那种独特的精神气质。然而,当他陶醉于这幅伟大艺术作品时,一群美国游客的到来打破了他的沉思。他们用一些泛泛而谈的赞美词匆匆评论着,随即又一哄而散。目睹这一幕,朱光潜不禁反思:在追求"效率"和快速感知的时代,人们越来越追求即时满足和表面的成功,而忽视了深入细致的工作和真正的文化传承。

描绘莎士比亚戏剧的场景

《谈人生与我》一文曾提到两种人生观：演戏人生和观戏人生。前者"把自己摆在前台，和世界一切人物在一块玩把戏"，后者"把自己摆在后台，袖手看旁人在那儿装腔作势"。这两种方法体现了朱光潜对人生的深刻理解和哲学思考。前台代表顺应自然、顺应本性的生活态度，后台则代表超然物外、旁观人生的哲学境界。通过这两种方法，朱光潜展示了如何从不同的视角看待人生。

目录

序 · 01

一 谈读书 · 001

二 谈动 · 009

三 谈静 · 013

四 谈中学生与社会运动 · 018

五 谈十字街头 · 024

六 谈多元宇宙 · 030

七 谈升学与选课 · 037

八 谈作文 · 044

九 谈情与理 · 050

十 谈摆脱 · 061

十一	谈在卢浮宫所得的一个感想	· 067
十二	谈人生与我	· 073
附一	无言之美	· 080
附二	悼夏孟刚	· 095
附三	朱光潜给朱光潜 ——为《给青年的十三封信》	· 100
代跋	"再说一句话"	· 107

再致青年　　· 111

　　谈理想的青年
　　　　——回答一位青年朋友的询问　　· 112

　　谈立志　　· 118

　　谈恻隐之心　　· 126

　　谈英雄崇拜　　· 136

　　谈青年与恋爱结婚　　· 144

　　学业·职业·事业　　· 151

序

夏丏尊

这十二封信是朱孟实先生从海外寄来分期在我们同人杂志《一般》上登载过的。《一般》的目的，原思以一般人为对象，从实际生活出发了来介绍些学术思想。数年以来，同人都曾依了这目标分头努力。可是如今看来，最好的收获第一要算这十二封信。

这十二封信以有中学程度的青年为对象。并未曾指定某一受信人的姓名，只要是中学程度的青年，就谁都是受信人，谁都应该一读这十二封信。这十二封信，实是作者远从海外送给国内青年的很好的礼物。作者曾在国内担任中等教师有年，他那笃热的情感，温文的态度，丰富的学殖，无一不使和他接近的青年感服。他的赴欧洲，目的也就在谋中等教育的改进。作者实是一个终身愿与青年为友的志士。信中首称"朋友"，末署"你的朋友光潜"，在深知作者的性行的我看来，这称呼是笼有真实的情感的，决不只是通常的习用套语。

各信以青年们所正在关心或应该关心的事项为话题，作者虽随了各话题抒述其意见，统观全体，却似乎也有个一贯的出发点可寻。就是劝青年眼光要深沉，要从根本上做功夫，要顾到自己，勿随了世俗图近利。作者用了这态度谈读书，谈作文，谈社会运动，谈爱恋，谈升学选科等等。无论在哪一封信上，字里行间，都可看出这忠告来。就中如在《谈在卢浮宫所得的一个感想》一信里，作者且郑重地自把这态度特别标出了说："假如我的十二封信对于现代青年能发生毫末的影响，我尤其虔心默祝这封信所宣传的超'效率'的估定价值的标准能印入个个读者的心孔里去；因为我所知道的学生们、学者们和革命家们都太贪容易，太浮浅粗疏，太不能深入，太不能耐苦，太类似美国旅行家看《蒙娜丽莎》了。"

"超效率！"这话在急于近利的世人看来，也许要惊为太高蹈的论调了。但一味亟于效率，结果就会流于浅薄粗疏，无可救药。中国人在全世界是被推为最重实用的民族的，凡事向都怀一个极近视的目标：娶妻是为了生子，养儿是为了防老，行善是为了福报，读书是为了做官，不称入基督教的为基督教信者而称为"吃基督教"的，不称投身国事的军士为军人而称为"吃粮"的，流弊所至，在中国，甚么都只是吃饭的工具，甚么都实用，因之，就甚么都浅薄。试就学校教育的现状看吧：坏的呢，教师目的但在地位、薪水，学生目的但在文凭、资格；较好的呢，教师想把学生嵌入某种预定的铸型去，学生想怎样揣摩世尚毕业后去问世谋事。在真正的教育面前，总之都免不掉浅薄粗疏。效率原是要顾的，但只顾效率，究竟是蠢事。青年为国家社会的生力军，如果不从根本上培养能力，凡事近视，贪浮浅的近利，一味袭蹈时下陋习，结果纵不至于"一蟹不如一蟹"，亦止是一蟹仍如一蟹而已。国家社会还有甚么希望可说。

"太贪容易，太浮浅粗疏，太不能深入，太不能耐苦"，作者对于现代青年的毛病，曾这样慨乎言之。征之现状，不禁同感。作者去国已好几年了，依据消息，尚能分明地记得起青年的病象，则青年的受病之重，也就可知。

　　这十二封信啊，愿对于现在的青年，有些力量！

夏丏尊
一九二九年元旦书于白马湖平屋

一　谈读书

朋友：

中学课程很多，你自然没有许多时间去读课外书。但是你试抚心自问：你每天真抽不出一点钟或半点钟的功夫么？如果你每天能抽出半点钟，你每天至少可以读三四页，每月可以读一百页，到了一年也就可以读四五本书了。何况你在假期中每天断不会只能读三四页呢！你能否在课外读书，不是你有没有时间的问题，是你有没有决心的问题。

世间有许多人比你忙得多。许多人的学问都在忙中做成的。美国有一位文学家、科学家和革命家富兰克林，幼时在印刷局里做小工，他的书都是在做工时抽暇读的。不必远说，你应该还记得孙中山先生，难道你比那一位奔走革命席不暇暖的老人家还要忙些么？他生平无论忙到什么地步，没有一天不偷暇读几页书。你只要看他的《建国方略》和《孙文学说》，你便知道他不仅是一个政治家，而且还是一个学者。不读书讲革命，不知道"光"的所在，只是窜头乱撞，终难成功。这个道理，孙先生懂得最清楚的，所以他的学说特别重"知"。

人类学问逐天进步不止，你不努力跟着跑，便落伍退后，这固不消说。尤其要紧的是养成读书的习惯，是在学问中寻出一种兴趣。你如果没有一种正常嗜好，没有一种在闲暇时可以寄托你的心神的东西，将来离开学校去做事，说不定要被恶习惯引诱。你不看见现在许多叉麻雀、抽鸦片的官僚们、绅商们乃至于教员们，不大半由学生出身么？你慢些鄙视他们，临到你来，再看看你的成就吧！但是你如果在读书中寻出一种趣味，你将来抵抗引诱的能力比别人定要大些。这种兴趣你现在不能寻出，将来永不会寻出的。凡人都越老越麻木，你现在已比不上三五岁的小孩子们那样好奇、那样兴味淋漓了。你长大一岁，你感觉兴味的锐敏力便须迟钝一分。达尔文在自传里曾经说过，他幼时颇好文学和音乐，壮时因为研究生物学，把文学和音乐都丢开了，到老来他再想拿诗歌来消遣，便寻不出趣味来了。兴味要在青年时设法培养，过了正常时节，便会萎谢。比方打网球，你在中学时欢喜打，你到老都欢喜打。假如你在中学时代错过机会，后来要发愿去学，比登天还要难十倍。养成读书习惯也是这样。

你也许说，你在学校里终日念讲义看课本不就是读书吗？讲义课本着意在平均发展基本知识，固亦不可不读。但是你如果以为念讲义看课本，便尽读书之能事，就是大错特错。第一，学校功课门类虽多，而范围究极窄狭。你的天才也许与学校所有功课都不相近，自己去在课外研究，发现自己性之所近的学问。再比方你对于某种功课不感兴趣，这也许并非由于性不相近，只是规定课本不合你的口胃。你如果能自己在课外发现好书籍，你对于那种功课也许就因而浓厚起来了。第二，念讲义看课本，免不掉若干拘束，想藉此培养兴趣，颇是难事。比方有一本小说，平时自由拿来消遣，觉得多么有趣，一旦把它拿来当课本读，用预备考试的方法去读，便不免索然寡味了。兴趣要逍遥自在地不受拘束地发展，所以为培养读书兴趣起见，应该从读课外书入手。

书是读不尽的，就读尽也是无用，许多书都没有一读的价值。你多读一本没有价值的书，便丧失可读一本有价值的书的时间和精力，所以你须慎加选择。你自己自然不会选择，须去就教于批评家和专门学者。我不能告诉你必读的书，我能告诉你不必读的书。许多人尝抱定宗旨不读现代出版的新书。因为许多流行的新书只是迎合一时社会心理，实在毫无价值，经过时代淘汰而巍然独存的书才有永久性，才值得读一遍两遍以至于无数遍。我不敢劝你完全不读新书，我却希望你特别注意这一点，因为现代青年颇有非新书不读的风气。别事都可以学时髦，惟有读书做学问不能学时髦。我所指不必读的书，不是新书，是谈书的书，是值不得读第二遍的书。走进一个图书馆，你尽管看见千卷万卷的纸本子，其中真正能够称为"书"的恐怕还难上十卷百卷。你应该读的只是这十卷百卷的书。在这些书中间，你不但可以得较真确的知识，而且可以于无形中吸收大学者治学的精神和方法。这些书才能撼动你的心灵，激动你的思考。其他像"文学大纲"、"科学大纲"以及杂志报章上的书评，实在都不能供你受用。你与其读千卷万卷的诗集，不如读一部《国风》或《古诗十九首》，你与其读千卷万卷谈希腊哲学的书籍，不如读一部柏拉图的《理想国》。

你也许要问我像我们中学生究竟应该读些什么书呢？这个问题可是不易回答。你大约还记得北京《京报副刊》曾征求

"青年必读书十种"，结果有些人所举十种尽是几何代数，有些人所举的十种尽是《史记》《汉书》。这在旁人看起来似近于滑稽，而应征的人却各抱有一番大道理。本来这种征求的本意，求以一个人的标准做一切人的标准，好像我只喜欢吃面，你就不能吃米，完全是一种错误见解。各人的天资、兴趣、环境、职业不同，你怎么能定出万应灵丹似的十种书，供天下无量数青年读之都能感觉同样趣味、发生同样效力？

我为了写这封信给你，特地去调查了几个英国公共图书馆。他们的青年读品部最流行的书可以分为四类：（一）冒险小说和游记，（二）神话和寓言，（三）生物故事，（四）名人传记和爱国小说。就中代表的书籍是凡尔纳的《八十天环游地球》（Jules Verne: *Around the World in Eighty Days*）和《海底两万里》（*Twenty Thousand Leagues Under the Sea*），笛福的《鲁滨逊漂流记》（Defoe: *Robinson Crusoe*），大仲马的《三个火枪手》（A. Dumas: *Three Musketeers*），霍桑的《奇书》和《丹谷闲话》（Hawthorne: *Wonder Book and Tanglewood Tales*），金斯利的《希腊英雄传》（Kingsley: *Heroes*），法布尔的《鸟兽故事》（Fabre: *Story Book of Birds and Beasts*），安徒生的《童话》（Andersen: *Fairy Tales*），骚塞的《纳尔逊传》（Southey: *Life of Nelson*），房

龙的《人类的故事》(Van Loon: The Story of Mankind)之类。这些书在国外虽流行，给中国青年读，却不十分相宜。中国学生们大半是少年老成，在中学时代就欢喜像煞有介事地谈一点学理。他们——你和我自然都在内——不仅欢喜谈谈文学，还要研究社会问题，甚至于哲学问题。这既是一种自然倾向，也就不能漠视，我个人的见解也不妨提起和你商量商量。十五六岁以后的教育宜注重发达理解，十五六岁以前的教育宜注重发达想象。所以初中的学生们宜多读想象的文字，高中的学生才应该读含有学理的文字。

谈到这里，我还没有答复应读何书的问题。老实说，我没有能力答复，我自己便没曾读过几本"青年必读书"，老早就读些壮年必读书。比如在中国书里，我最欢喜《国风》、《庄子》、《楚辞》、《史记》、《古诗源》、《文选》中的书笺、《世说新语》、《陶渊明集》、《李太白集》、《花间集》、张惠言《词选》、《红楼梦》等等。在外国书里，我最欢喜济慈（Keats）、雪莱（Shelly）、柯尔律治（Coleridge）、勃朗宁（Browning）诸人的诗集、索福克勒斯（Sophocles）的七悲剧、莎士比亚的《哈姆雷特》(Shakespeare: Hamlet)、《李尔王》(King Lear)和《奥赛罗》(Othello)、歌德的《浮士德》(Goethe: Faust)、易卜生

（Ibsen）的戏剧集、屠格涅夫（Turgenef）的《处女地》（*Virgin Soil*）和《父与子》（*Fathers and Children*）、陀思妥耶夫斯基的《罪与罚》（*Dostoyevsky: Crime and Punishment*）、福楼拜的《包法利夫人》（*Flaubert: Madame Bovary*）、莫泊桑（Maupassant）的小说集、小泉八云（Lafcadio Hearn）关于日本的著作等等。如果我应北京《京报副刊》的征求，也许把这些古董洋货捧上，凑成"青年必读书十种"。但是我知道这是荒谬绝伦。所以我现在不敢答复你应读何书的问题。你如果要知道，你应该去请教你所知的专门学者，请他们各就自己所学范围以内指定三两种青年可读的书。你如果请一个人替你面面俱到的设想，比方他是学文学的人，他也许明知青年必读书应含有社会问题、科学常识等等，而自己又没甚把握，姑且就他所知的一两种拉来凑数，你就像问道于盲了。同时，你要知道读书好比探险，也不能全靠别人指导，你自己也须得费些功夫去搜求。我从来没有听见有人按照别人替他定的"青年必读书十种"或"世界名著百种"读下去，便成就一个学者。别人只能介绍，抉择还要靠你自己。

关于读书方法。我不能多说，只有两点须在此约略提起。第一，凡值得读的书至少须读两遍。第一遍须快读，着眼在醒豁全篇大旨与特色。第二遍须慢读，须以批评态度衡量书的内容。第二，读过一本书，须笔记纲要精采和你自己的意见。记笔记不特可以帮助你记忆，而且可以逼得你仔细，刺激你思考。记着这两点，其他琐细方法便用不着说。各人天资习惯不同，你用哪种方法收效较大，我用哪种方法收效较大，不是一概论的。你自己终久会找出你自己的方法，别人决不能给你一个方单，使你可以"依法炮制"。

你嫌这封信太冗长了罢？下次谈别的问题，我当力求简短。再会！

你的朋友，光潜。

二　谈动

朋友：

从屡次来信看，你的心境近来似乎很不宁静。烦恼究竟是一种暮气，是一种病态，你还是一个十八九岁的青年，就这样颓唐沮丧，我实在替你担忧。

一般人欢喜谈玄，你说烦恼，他便从"哲学辞典"里拖出"厌世主义""悲观哲学"等堂哉皇哉的字样来叙你的病由。我不知道你感觉如何？我自己从前仿佛也尝过烦恼的况味，我只觉得忧来无方，不但人莫之知，连我自己也莫名其妙，哪里有所谓哲学与人生观！我也些微领过哲学家的教训：在心气和平时，我景仰希腊廊下派哲学者，相信人生当皈依自然，不当存有嗔喜贪恋；我景仰托尔斯泰，相信人生之美在宥与爱；我景仰勃朗宁，相信世间有丑才能有美，不完全乃真完全；然而外感偶来，心波立涌，拿天大的哲学，也抵挡不住。这固然是由于缺乏修养，但是青年们有几个修养到"不动心"的地步呢？从前长辈们往往拿"应该不应该"的大道理向我说法。他们说，像我这样一个青年应该活泼泼的，不应该暮气沉沉的，应该努力做学问，不应该把自己的忧乐放在心头。谢谢罢，请留着这副"应该"的方剂，将来患烦恼的人还多呢！

朋友，我们都不过是自然的奴隶，要征服自然，只得服从自然。违反自然，烦恼才乘虚而入，要排解烦闷，也须得使你的自然冲动有机会发泄。人生来好动，好发展，好创造。能动，能发展，能创造，便是顺从自然，便能享受快乐；不动，不发展，不创造，便是摧残生机，便不免感觉烦恼。这种事实在流行语中就可以见出，我们感觉快乐时说"舒畅"，不感觉快乐时说"抑郁"。这两个字样可以用作形容词，也可以用作动词。用作形容词时，它们描写快或不快的状态；用作动词时，我们可以说它们说明快或不快的原因。你感觉烦恼，因为你的生机被抑郁；你要想快乐，须得使你的生机能舒畅，能宣泄。流行语中又有"闲愁"的字样，闲人大半易于发愁，就因为闲时生机静止而不舒畅。青年人比老年人易于发愁些，因为青年人的生机比较强旺。小孩子们的生机也很强旺，然而不知道愁苦，因为他们时时刻刻的游戏，所以他们的生机不至于被抑郁。小孩子们偶尔不很乐意，便放声大哭，哭过了气就消去。成人们感觉烦恼时也还要拘礼节，哪能由你放声大哭呢？吃黄连苦在心头，所以愈觉其苦。歌德少时因失恋而想自杀，幸而他的文机动了，埋头两礼拜著成一部《少年维特之烦恼》，书成了，他的气也泄了，自杀的念头也打消了。你发愁时并不一定要著书，你就读几篇哀歌，听一幕悲剧，借酒浇愁，也可以大畅胸怀。从前我很疑惑何以剧情愈悲而读之愈觉其快意，近来才悟得这个泄与郁的道理。

总之，愁生于郁，解愁的方法在泄；郁由于静止，求泄的方法在动。从前儒家讲心性的话，从近代心理学眼光看，都很粗疏，只有孟子的"尽性"一个主张，含义非常深广。一切道德学说都不免肤浅，如果不从"尽性"的基点出发。如果把"尽性"两字懂得透澈，我以为生活目的在此，生活方法也就在此。人性固然是复杂的，可是人是动物，基本性不外乎动。从动的中间我们可以寻出无限快慰。这个道理我可以拿两种小事来印证：从前我住在家里，自己的书房总欢喜自己打扫。每看到书籍零乱,灰尘满地,你亲自去洒扫一过,霎时间混浊的世界变成明窗净几,此时悠然就坐,游目骋怀,乃觉有不可言喻的快慰;再比方你自己是欢喜打网球的,当你起劲打球时,你还记得天地间有所谓烦恼么?

你大约记得晋人陶士行的故事。他老来罢官闲居,找不得事做,便去搬砖。晨间把一百块砖由斋里搬到斋外,暮间把一百块砖由斋外搬到斋里。人问其故,他说:"吾方致力中原,过尔优逸,恐不堪事。"他又尝对人说:"大禹圣人,乃惜寸阴,至于众人,当惜分阴。"其实惜阴何必定要搬砖,不过他老先生还很茁壮,借这个玩艺儿多活动活动,免得抑郁无聊罢了。

朋友,闲愁最苦!愁来愁去,人生还是那么样一个人生,世界也还是那么样一个世界。假如把自己看得伟大,你对于烦恼,当有"不屑"的看待;假如把自己看得渺小,你对于烦恼当有"不值得"的看待;我劝你多打网球,多弹钢琴,多栽花,多搬砖弄瓦。假如你不喜欢这些玩艺儿,你就谈谈笑笑,跑跑跳跳,也是好的。就在此祝你谈谈笑笑,跑跑跳跳!

你的朋友,光潜。

三　谈静

朋友：

前信谈动，只说出一面真理。人生乐趣一半得之于活动，也还有一半得之于感受。所谓"感受"是被动的，是容许自然界事物感动我的感官和心灵。这两个字涵义极广。眼见颜色，耳闻声音，是感受；见颜色而知其美，闻声音而知其和，也是感受。同一美颜，同一和声，而各个人所见到的美与和的程度又随天资境遇而不同。比方路边有一棵苍松，你看见它只觉得可以砍来造船；我见到它可以让人纳凉；旁人也许说它很宜于入画，或者说它是高风亮节的象征。再比方街上有一个乞丐，我只能见到他的蓬头垢面，觉得他很讨厌；你见他便发慈悲心，给他一个铜子；

旁人见到他也许立刻发下宏愿，要打翻社会制度。这几个人反应不同，都由于感受力有强有弱。

世间天才之所以为天才，固然由于具有伟大的创造力，而他的感受力也分外比一般人强烈。比方诗人和美术家，你见不到的东西他能见到，你闻不到的东西他能闻到。麻木不仁的人就不然，你就请伯牙向他弹琴，他也只联想到棉匠弹棉花。感受也可以说是"领略"，不过领略只是感受的一方面。世界上最快活的人不仅是最活动的人，也是最能领略的人。所谓领略，就是能在生活中寻出趣味。好比喝茶，渴汉只管满口吞咽，会喝茶的人却一口一口的细啜，能领略其中风味。

能处处领略到趣味的人决不至于岑寂，也决不至于烦闷。朱子有一首诗说："半亩方塘一鉴开，天光云影共徘徊。问渠哪得清如许？为有源头活水来。"这是一种绝美的境界。你姑且闭目一思索，把这幅图画印在脑里，然后假想这半亩方塘便是你自己的心，你看这首诗比拟人生苦乐多么惬当！一般人的生活干燥，只是因为他们的"半亩方塘"中没有天光云影，没有源头活水来，这源头活水便是领略得的趣味。

领略趣味的能力固然一半由于天资，一半也由于修养。大约静中比较容易见出趣味。物理上有一条定律说：两物不能同时并存于同一空间。这个定律在心理方面也可以说得通。一般人不能感受趣味,大半因为心地太忙,不空所以不灵。我所谓"静",便是指心界的空灵,不是指物界的沉寂,物界永远不沉寂的。你的心境愈空灵,你愈不觉得物界沉寂,或者我还可以进一步说,你的心界愈空灵,你也愈不觉得物界喧嘈。所以习静并不必定要逃空谷,也不必定学佛家静坐参禅。静与闲也不同。许多闲人不必都能领略静中趣味,而能领略静中趣味的人,也不必定要闲。在百忙中,在尘市喧嚷中,你偶然间丢开一切,悠然遐想,你心中便蓦然似有一道灵光闪烁,无穷妙悟便源源而来。这就是忙中静趣。

我这番话都是替两句人人知道的诗下注脚。这两句诗就是"万物静观皆自得,四时佳兴与人同"。大约诗人的领略力比一般人都要大。近来看周作人的《雨天的书》引日本人小林一茶的一首俳句:

不要打哪,苍蝇搓他的手,搓他的脚呢。

觉得这种情境真是幽美。你懂得这一句诗就懂得我所谓静趣。中国诗人到这种境界的也很多。现在姑且就一时所想到的写几句给你看：

　　鱼戏莲叶东，鱼戏莲叶西，鱼戏莲叶南，鱼戏莲叶北。
　　　　　　　　　　　　　　　——古诗，作者姓名佚

　　山涤余霭，宇暧微霄。有风自南，翼彼新苗。
　　　　　　　　　　　　　　　——陶渊明《时运》

　　采菊东篱下，悠然见南山。山气日夕佳，飞鸟相与还。
　　　　　　　　　　　　　　　——陶渊明《饮酒》

　　目送归鸿，手挥五弦。俯仰自得，游心太玄。
　　　　　　　　　　　　　　　——嵇叔夜《赠秀才从军》

　　倚仗柴门外，临风听暮蝉。渡头余落日，墟里上孤烟。
　　　　　　　　　　　　　——王摩诘《辋川闲居赠裴秀才迪》

　　像这一类描写静趣的诗，唐人五言绝句中最多。你只要仔细玩味，你便可以见到这个宇宙又有一种景象，为你平时所未见到的。梁任公的《饮冰室文集》里有一篇谈"烟士披里纯"，詹姆斯的《与教员学生谈话》（James: *Talks To Teachers and*

三　谈静

Students）里面有三篇谈人生观，关于静趣都说得很透辟。可惜此时这两部书都不在手边，不能录几段出来给你看。你最好自己到图书馆里去查阅。詹姆斯的《与教员学生谈话》那三篇文章（最后三篇）尤其值得一读，记得我从前读这三篇文章，很受他感动。

静的修养不仅是可以使你领略趣味，对于求学处事都有极大帮助。释迦牟尼在菩提树阴静坐而证道的故事，你是知道的。古今许多伟大人物常能在仓皇扰乱中雍容应付事变，丝毫不觉张皇，就因为能镇静。现代生活忙碌，而青年人又多浮躁。你站在这潮流里，自然也难免跟着旁人乱嚷。不过忙里偶然偷闲，闹中偶然习静，于身于心，都有极大裨益。你多在静中领略些趣味，不特你自己受用，就是你的朋友们看着你也快慰些。我生平不怕呆人，也不怕聪明过度的人，只是对着没有趣味的人，要勉强同他说应酬话，真是觉得苦也。你对着有趣味的人，你并不必多谈话，只是默然相对，心领神会，便可觉得朋友中间的无上至乐。你有时大概也发生同样感想罢？

眠食诸希珍重！

你的朋友，光潜。

四　谈中学生与社会运动

朋友：

第一信曾谈到，孙中山先生知难行易的学说和不读书而空谈革命的危险。这个问题有特别提出讨论的必要，所以再拿它来和你商量商量。

你还记得叶楚伧先生的演讲罢？他说，如今中国在学者只言学，在工者只言工，在什么者只言什么，结果弄得没有一个在国言国的人，而国事之糟，遂无人过问。叶先生在这里只主张在学者应言国，却未明言在国亦必言学。恽代英先生更进一步说，中国从孔孟二先生以后，读过二千几百年的书，讲过二千几百年的道德，仍然无补国事，所以读书讲道德无用，一切青年都应该加入战线去革命。这是一派的主张。

同时你也许见过前几年的上海大同大学的章程，里面有一条大书特书："本校主张以读书救国，凡好参加爱国运动者不必来！"这并不是大同大学的特有论调，凡遇学潮发生，你走到一个店铺里，或是坐在一个校务会议席上，你定会发现大家窃窃私语，引为深忧的都不外"学生不读书，而好闹事"一类的话。因为这是可以深忧的，教育部所以三令五申，"整顿学风！"这又是一派的主张。

叶、恽诸先生们是替某党宣传的。你知道我无党籍，而却深信中国想达民治必经党治。所以我如果批评叶、恽二先生，非别有用意，乃责备贤者，他们在青年中物望所系，出言不慎，便不免贻害无穷。比方叶先生的话就有许多语病。国家是人民组合体，在学者能言学，在工者能言工，在什么者便能言什么，合而言之，就是在国言国。如今中国弊端就在在学者不言学，在工者不言工，大家都抛弃分内事而空谈爱国。结果学废工弛，而国也就不能救好，这是显然的事实。恽先生从中国历史证明读书无用，也颇令人怀疑。法国革命单是丹东、罗伯斯比尔的功劳，而卢梭、伏尔泰没有影响吗？近代经济革命单是列宁的功劳而著《资本论》的马克思没有影响吗？思想革命成功，制度革命才能实现。辛亥革命还未成功，不是制度革命未成功，是思想革命未成功，这是大家应该承认的。

中国人蜂子孵蛆的心理太重，只管煽动人"类我类我！"比方我欢喜谈国事，就藐视你读书；你欢喜读书，就藐视我谈国事。其实单面锣鼓打不成闹台戏。要撑起中国场面，也要生旦净丑角俱全。我们对于鼓吹青年都抛开书本去谈革命的人，固不敢赞同，而对于悬参与爱国运动为厉禁的学校也觉得未免矫枉过正。学校与社会绝缘，教育与生活绝缘，在学理上就说不通。若谈事实，则这一代的青年、来一代的领袖，此时如果毫无准备，想将来理乱不问的书生一旦会变成措置咸宜的社会改造者，也是痴人妄想。固然，在秩序安宁的国家里，所谓"天下有道，则庶人不议"，用不着学生去干预政治。可是在目前中国，又另有说法。民众未觉醒，舆论未成立，教育界中人本良心主张去监督政府，也并不算越职。总而言之，救国读书都不可偏废。蔡孑民先生说："读书不忘救国，救国不忘读书。"这两句话是青年人最稳妥的座右铭。

所谓救国，并非空口谈革命所可了事。我们跟着社会运动家喊"打倒军阀""打倒帝国主义"力已竭，声已嘶了。而军阀淫威既未稍减，帝国主义的势力也还在扩张。朋友，空口呐喊大概有些靠不住罢？北方人奚落南方人，往往说南方人打架，双方都站在自家门里摩拳擦掌对骂,你说:"你来,我要打杀你这个杂种!"我说:"我要送你这条狗命见阎王。"结果半拳不挥,一哄而散。住在租界谈革命的人不也是这样空摆威风么?

"五四"以来,种种运动只在外交方面稍生微力。但是你如果把这点微力看得了不得的重要,那你就未免自欺。"夫人必自侮,而后人侮之。""自侮"的成分一日不减绝,你一日不能怪人家侮你。你应该回头看看你自己是什么样的一个人,看看政府是什么样的一个政府,看看人民是什么样的一个人民。向外人争"脸"固然要紧;可是你切莫要因此忘记你自己的家丑!

家丑如何洗得清?我从前想,要改造中国,应由下而上,由地方而中央,由人民而政府,由部分而全体,近来觉得这种见解不甚精当,国家是一种有机体,全体与部分都息息相关,所以整顿中国,由中央而地方的改革,和由地方而中央的改革须得同时并进。不过从前一般社会运动家大半太重视国家大政,太轻视乡村细务了。我们此后应该排起队伍,"向民间去"。

我记得在香港听孙中山先生谈他当初何以想起革命的故事。他少年时在香港学医,欢喜在外面散步,他觉得香港街道既那样整洁,他香山县的街道就不应该那样污秽。他回到香山县，就亲自去做清道夫，后来居然把他门前的街道打扫干净了。他因而想到一切社会上的污浊，都应该，都可以如此清理。这才是真正革命家！别人不管，我自己只能做小事。别人鼓吹普及教育，我只提起粉笔诚诚恳恳地当一个中小学教员；别人提倡国货，我只能穿起土布衣到乡下去办一个小工厂；别人喊打倒军阀，我只能苦劝我的表兄不当兵；别人发电报攻击贿选，吾侪小人，发电报也没有人理会，我只能集合同志出死力和地方绅士奋斗，不叫买票卖票的事在我自己乡里发生。大事小事都要人去做。我不敢说别人做的不如我做的重要。但是别人如果定要拉我丢开这些末节去谈革命，我只能敬谢不敏（屠格涅夫的《父与子》里那位少年虚无党临死时所说的话，最使我感动，可惜书不在身旁，不能抄译给你看，你自己寻去罢）。

总而言之，到民间去！要到民间去，先要把学生架子丢开。我记得初进中学时，有一天穿着短衣出去散步，路上遇见一个老班同学，他立刻就竖起老班的喉嗓子问我："你的长衫到那里去了？"教育尊严，那有学生出门而不穿长衫子？街上人看见学生不穿长衣，还成什么体统？我那时就逐渐学得些学生的尊严了。有时提起篮子去买菜，也不免羞羞涩涩的，此事虽小,可以喻大。现在一般青年的心理大半都还没根本改变。学生自成一种特殊阶级,把社会看成待我改造的阶级。这种学者的架子早已御人于千里之外,还谈什么社会运动?你尽管说运动,社会却不敢高攀,受你的运动。这不是近几年的情形么?

老实说,社会已经把你我们看成眼中钉了。这并非完全是社会的过处。现在一般学生,有几个人配谈革命?吞剥捐款、聚赌宿娼的是否没曾充过代表、赴过大会?勾结绅士政客以捣乱学校是否没曾谈过教育尊严?向日本政府立誓感恩以分润庚子赔款的,是否没曾喊过打倒帝国主义?其实,社会还算是客气,他们如要是提笔写学生罪状,怕没有材料吗?你也许说,任何团体都有少数败类,不能让全体替少数人负过。但是青年人都有过于自尊的幻觉,在你谈爱国谈革命以前,你总应该默诵几声"君子求诸己!"

话又说长了,再见罢!

你的朋友,光潜。

五　谈十字街头

朋友：

岁暮天寒，得暇便围炉嘘烟遐想。今日偶然想到日本厨川白村的《出了象牙之塔》和《走向十字街头》两部书，觉得命名大可玩味。玩味之余，不觉发生一种反感。

所谓《走向十字街头》有两种解释。从前学士大夫好以清高名贵相尚，所以力求与世绝缘，冥心孤往。但是闭户读书的成就总难免空疏虚伪。近代哲学与文艺都逐渐趋向唯实，于是大家都极力提倡与现实生活接触。世传苏格拉底把哲学从天上搬到地下，这是"走向十字街头"的一种意义。

学术思想是天下公物，须得流布人间，以求

五 谈十字街头

雅俗共赏。威廉·莫里斯和托尔斯泰所主张的艺术民众化，叔琴先生在《一般》诞生号中所主张的特殊的一般化，爱迪生所谓把哲学从课室图书馆搬到茶寮客座，这是"走向十字街头"的另一意义。

这两种意义都含有极大的真理。可是在这"德谟克拉西"呼声极高的时代，大家总不免忘记关于十字街头的另一面真理。

十字街头的空气中究竟含有许多腐败剂，学术思想出了象牙之塔到了十字街头以后，一般化的结果常不免流为俗化（vulgarized）。昨日的殉道者，今日或成为市场偶像，而真纯面目便不免因之污损了。到市场而不成为偶像，成偶像而不至于破落，都是很难的事。老学经过流俗化以后，其结果乃为白云观以静坐骗铜子的道士。易学经过流俗化以后，其结果乃为街头摆摊卖卜的江湖客。佛学经过流俗化以后，其结果乃为祈财求子的三姑六婆和秃头肥脑的蠢和尚。这都是世人所共见周知的。不必远说，且看西方科学、哲学和文学落到时下一般打学者冒牌的人手里，弄得成何体统！

寂居文艺之宫，固然会像不流通的清水，终久要变成污浊恶臭的。可是十字街头的叫嚣，十字街头的尘粪，十字街头的挤眉弄眼，都处处引诱你汩没自我。臣门如市，臣心就决不能如水。名利、声势、虚伪、刻薄、肤浅、欺侮等等字样，听起来多么刺耳朵，实际上谁能摆脱得净尽？所以站在十字街头的人们——尤其是你我们青年——要时时戒备十字街头的危险，要时时回首瞻顾象牙之塔。

十字街头上握有最大威权的是习俗。习俗有两种，一为传说（Tradition），一为时尚（Fashion）。儒家的礼教，五芳斋的馄饨，是传说；新文化运动，四马路的新装，是时尚。传说尊旧，时尚趋新，新旧虽不同，而盲从附和，不假思索，则根本无二致。社会是专制的，是压迫的，是不容自我伸张的。比方九十九个人守贞节，你一个人偏要不贞，你固然是伤风败俗，大逆不道；可是如果九十九个人都是娼妓，你一个人偏要守贞节，你也会成为社会公敌，被人唾弃的。因此，苏格拉底所以饮鸩，伽利略所以被教会加罪，罗曼·罗兰、罗素所以在欧战期中被人谩骂。

本来风化习俗这件东西，孽虽造得不少，而为维持社会安宁计，却亦不能尽废。人与人相接触，问题就会发生。如果世界只有我，法律固为虚文，而道德也便无意义。人类须有法律道德维持，固足证其顽劣；然而人类既顽劣，道德法律也就不

五 谈十字街头

能勾消。所以老庄上德不德、绝圣弃智的主张,理想虽高,而究不适于顽劣的人类社会。

习俗对于维持社会安宁,自有相当价值,我们是不能否认的。可是以维持安宁为社会唯一目的,则未免大错特错。习俗是守旧的,而社会则须时时翻新,才能增长滋大,所以习俗有时时打破的必要。人是一种贱动物,只好模仿因袭,不乐改革创造。所以维持固有的风化,用不着你费力。你让它去,世间自有一般庸人懒人去担心。可是要打破一种习俗,却不是一件易事。物理学上仿佛有一条定律说,凡物既静,不加力不动。而所加的力必比静物的惰力大,才能使它动。打破习俗,你须以一二人之力,抵抗千万人之惰力,所以非有雷霆万钧的力量不可。因此,习俗的背叛者比习俗的顺从者较为难能可贵,从历史看社会进化,都是靠着几个站在十字街头而能向十字街头宣战的人。这般人的报酬往往不是十字架,就是断头台。可是世间只有他们才是不朽,倘若世界没有他们这些殉道者,人类早已为乌烟瘴气闷死了。

一种社会所最可怕的不是民众浮浅顽劣,因为民众通常都是浮浅顽劣的;它所最可怕的是没有在肤浅卑劣的环境中而能不浮浅不卑劣的人。比方英国民众就是很沉滞顽劣的,然而在这种沉滞顽劣的社会中，偶尔跳出一二个性坚强的人，如雪莱、卡莱尔、罗素等，其特立独行的胆与识，却非其他民族所可多得。这是英国人力量所在的地方。路易·狄更生尝批评日本，说她是一个没有柏拉图和亚里士多德的希腊，所以不能造伟大的境界。据生物学家说，物竞天择的结果不能产生新种，要产生新种须经突变（sports）。所谓突变，是指不像同种的新裔。社会也是如此，它能否生长滋大，就看它有无突变式的分子；换句话说，就看十字街头的矮人群中有没有几个大汉。

说到这点，我不能不替我们中国人汗颜了。处人胯下的印度还有一位泰戈尔和一位甘地，而中国满街只是一些打冒牌的学者和打冒牌的社会运动家。强者皇然叫嚣，弱者随声附和，旧者盲从传说，新者盲从时尚。相习成风，每况愈下，而社会之浮浅顽劣虚伪酷毒，乃日不可收拾。在这个当儿，站在十字街头的我们青年怎能免彷徨失措？朋友，昔人临歧而哭，假如你看清你面前的险径，你会心寒胆裂哟！围着你的全是浮浅顽劣虚伪酷毒，你只有两种应付方法：你只有和它冲突，要不然，就和它妥洽。在现时这种状况之下，冲突就是烦恼，妥洽就是堕落。无论走哪一条路，结果都是悲剧。

但是，朋友，你我正不必因此颓丧！假如我们的力量够，

五　谈十字街头

冲突结果,也许是战胜。让我们相信世界达真理之路只有自由思想,让我们时时记着十字街头浮浅虚伪的传说和时尚都是真理路上的障碍,让我们本着少年的勇气把一切市场偶像打得粉碎!

最后,打破偶像,也并非卤莽叫嚣所可了事。卤莽叫嚣还是十字街头的特色,是浮浅卑劣的表征。我们要能于叫嚣扰攘中:以冷静态度,灼见世弊;以深沉思考,规划方略;以坚强意志,征服障碍。总而言之,我们要自由伸张自我,不要汩没在十字街头的影响里去。

朋友,让我们一齐努力罢!

你的同志,光潜。

六　谈多元宇宙

朋友：

你看到"多元宇宙"这个名词，也许联想到詹姆斯的哲学名著。但是你不用骇怕我谈玄，你知道我是一个不懂哲学而且厌听哲学的人。今天也只是吃家常便饭似的，随便谈谈，与詹姆斯毫无关系。

年假中朋友们无事来闲谈，"言不及义"的时候，动辄牵涉到恋爱问题。各人见解不同，而我所援以辩护恋爱的便是我所谓"多元宇宙"。

什么叫做"多元宇宙"呢？

人生是多方面的，每方面如果发展到极点，都自有其特殊宇宙和特殊价值标准。我们不能以甲宇宙中的标准，测量乙宇宙中的价值。如果勉

六　谈多元宇宙

强以甲宇宙中的标准，测量乙宇宙中的价值，则乙宇宙便失其独立性，而只在乙宇宙中可尽量发展的那一部分性格便不免退处于无形。

各人资禀经验不同，而所见到的宇宙，其种类多寡，量积大小，也不一致。一般人所以为最切己而最推重的是"道德的宇宙"。"道德的宇宙"是与社会俱生的。如果世间只有我，"道德的宇宙"便不能成立。比方没有父母，便无孝慈可言，没有亲友，便无信义可言。人与人相接触以后，然后道德的需要便因之而起。人是社会的动物，而同时又秉有反社会的天性。想调剂社会的需要与利己的欲望，人与人中间的关系不能不有法律道德为之维护。因有法律存在，我不能以利己欲望妨害他人，他人也不能以利己欲望妨害我，于是彼此乃宴然相安。因有道德存在，我尽心竭力以使他人享受幸福，他人也尽心竭力以使我享受幸福，于是彼此乃欢然同乐，社会中种种成文的礼法和默认的信条都是根据这个基本原理。服从这种礼法和信条便是善，破坏这种礼法和信条便是恶。善恶便是"道德的宇宙"中的价值标准。

我们既为社会中人，享受社会所赋予的权利，便不能不对于社会负有相当义务，不能不趋善避恶，以求达到"道德的宇宙"的价值标准的最高点。在"道德的宇宙"中，如果能登峰造极，也自能实现伟大的自我，孔子、苏格拉底和耶稣诸人的风范所以照耀千古。

但是"道德的宇宙"决不是人生唯一的宇宙，而善恶也决不能算是一切价值的标准，这是我们中国人往往忽略的道理。

比方在"科学的宇宙"中，善恶便不是适当的价值标准。"科学的宇宙"中的适当的价值标准只是真伪。科学家只问：这个定律是否合于事实？这个结论是否没有讹错，他们决问不到："物体向地心下坠"合乎道德吗？"勾方加股方等于弦方"有些不仁不义罢？固然"科学的宇宙"也有时和"道德的宇宙"相抵触，但是科学家只当心真理而不顾社会信条。伽利略宣传哥白尼地动说，达尔文主张生物是进化而不是神造的，就教会眼光看，他们都是不道德的，因为他们直接的辩驳《圣经》，间接的摇动宗教和它的道德信条。可是伽利略和达尔文是"科学的宇宙"中的人物，从"道德的宇宙"所发出来的命令，他们则不敢奉命唯谨。科学家的这种独立自由的态度到现代更渐趋明显。比方伦理学从前是指导行为的规范科学，而近来却都逐渐向纯粹科学的路上走，它们的问题也逐渐由"应该或不应该如此"变为"实在是如此或不如此"了。

六 谈多元宇宙

其次,"美术的宇宙"也是自由独立的。美术的价值标准既不是是非,也不是善恶,只是美丑。从希腊以来,学者对于美术有三种不同的见解。一派以为美术含有道德的教训,可以陶冶性情。一派以为美术的最大功用只在供人享乐。第三派则折中两说,以为美术既是教人道德的,又是供人享乐的。好比药丸加上糖衣,吃下去又甜又受用。这三种学说在近代都已被人推翻了。现代美术家只是"为美术而言美术"(Art for Art's Sake)。意大利美学泰斗克罗齐并且说美和善是绝对不能混为一谈的。因为道德行为都是起于意志,而美术品只是直觉得来的意象,无关意志,所以无关道德。这并非说美术是不道德的,美术既非"道德的",也非"不道德的",它只是"超道德的"。说一个幻想是道德的,或者说一幅画是不道德的,是无异于说一个方形是道德的,或者说一个三角形是不道德的,同为毫无意义。美术家最大的使命,求创造一种意境,而意境必须超脱现实。我们可以说,在美术方面,不能"脱实"便是不能"脱俗"。因此,从"道德的宇宙"中的标准看,曹操、阮大铖、李波·李披(Fra Lippo Lippi)和拜伦一般人都不是圣贤,而从"美术的宇宙"中的标准看,这些人都不失其为大诗家或大画家。

再其次，我以为恋爱也是自成一个宇宙；在"恋爱的宇宙"里，我们只能问某人之爱某人是否真纯，不能问某人之爱某人是否应该。其实就是只"应该不应该"的问题，恋爱也是不能打消的。从生物学观点看，生殖对于种族为重大的利益，而对于个体则为重大的牺牲。带有重大的牺牲，不能不兼有重大的引诱，所以性欲本能在诸本能中最为强烈。我们可以说，人应该生存，应该绵延种族，所以应该恋爱。但是这番话仍然是站在"道德的宇宙"中说的，在"恋爱的宇宙"中，恋爱不是这样机械的东西，它是至上的，神圣的，含有无穷奥秘的。在恋爱的状态中，两人脉搏的一起一落，两人心灵的一往一复，都恰能忻合无间。在这种境界，如果身家、财产、学业、名誉、道德等等观念渗入一分，则恋爱真纯的程度便须减少一分。真能恋爱的人只是为恋爱而恋爱，恋爱以外，不复另有宇宙。

"恋爱的宇宙"和"道德的宇宙"虽不必定要不能相容，而在实际上往往互相冲突。恋爱和道德相冲突时，我们既不能两全，应该牺牲恋爱呢，还是牺牲道德呢？道德家说，道德至上，应牺牲恋爱。爱伦凯一般人说，恋爱至上，应牺牲道德。就我看，这所谓"道德至上"与"恋爱至上"都未免笼统。我们应该加上形容句子说，在"道德的宇宙"中道德至上，在

"恋爱的宇宙"中恋爱至上。所以遇着恋爱和道德相冲突时，社会本其"道德的宇宙"的标准，对于恋爱者大肆其攻击诋毁，是分所应有的事，因为不如此则社会所赖以维持的道德难免隳丧；而恋爱者整个的酣醉于"恋爱的宇宙"里，毅然不顾一切，也是分所应有的事，因为不如此则恋爱不真纯。

"恋爱的宇宙"中，往往也可以表现出最伟大的人格。我时常想，能够恨人极点的人和能够爱人极点的人都不是庸人。日本民族是一个有生气的民族，因他们中间有人能够以嫌怨杀人，有人能够为恋爱自杀。我们中国人随在都讲"中庸"，恋爱也只能达到温汤热。所以为恋爱而受社会攻击的人，立刻就登报自辩。这不能不算是根性浅薄的表征。

朋友，我每次写信给你都写到第六张信笺为止。今天已写完第六张信笺了，可是如果就在此搁笔，恐怕不免叫人误解，让我在收尾时郑重声明一句罢。恋爱是至上的，是神圣的，所以也是最难遭遇的。"道德的宇宙"里真正的圣贤少，"科学的宇宙"里绝对真理不易得，"美术的宇宙"里完美的作家寥寥，"恋爱的宇宙"里真正的恋爱人更是凤毛麟角。恋爱是人格的交感共鸣，所以恋爱真纯的程度以人格高下为准。一般人误解恋爱，动于一时飘忽的性欲冲动而发生婚姻关系，境过则情迁，色衰则爱弛，这虽是冒名恋爱，实则只是纵欲。我为真正恋爱辩护，我却不愿为纵欲辩护，我愿青年应该懂得恋爱神圣，我却不愿青年在血气未定的时候，去盲目地假恋爱之名寻求泄欲。

意长纸短，你大概已经懂得我的主张了罢？

你的朋友，光潜。

七　谈升学与选课

朋友：

你快要在中学毕业了，此时升学问题自然常在脑中盘旋。这一着也是人生一大关键，所以，值得你慎而又慎。

升学问题分析起来便成为两个问题，第一是选校问题，第二是选科问题。这两个问题自然是密切相关的，但是为说话清晰起见，分开来说，较为便利。

我把选校问题放在第一，因为青年们对于选校是最容易走入迷途的。现在中国社会还带有科举时代的资格迷。比方小学才毕业便希望进中学，大学才毕业便希望出洋，出洋基本学问还没有做好，便希望掇拾中国古色斑斑的东西去换博士。学校文凭只是一种找饭碗的敲门砖。学校招牌愈亮，文凭就愈行，实学是无人过问的。社会既有这种资格迷，而资格买卖所便乘机而起。租三间铺面，拉拢一个名流当"名誉校长"，便可挂起一个某某大学的招牌。只看上海一隅，大学的总数比较英或法全国大学的总数似乎还要超过，谁说中国文化没有提高呢？大学既多，只是称"大学"还不能动听，于是"大学"之上又冠以"美国政府注册"的头衔。既"大学"而又在"美国政府注册"，生意自然更加茂盛了。何况许多名流又肯"热心教育"做"名誉校长"呢？

朋友，可惜这些多如牛毛的大学都不能解决我们升学的困难，因为那些有"名誉校长"或是"美国政府注册"的大学，是预备让有钱可花的少爷公子们去逍遥岁月，像你我们既无钱可花，又无时光可花，只好望望然去罢。好在它们的生意并不会因我们"杯葛"而低落的，我们求学最难得的是诚恳的良师与和爱的益友，所以选校应该以有无诚恳、和爱的空气为准。如果能得这种学校空气，无论是大学不是大学，我们都可以心满意足。做学问全赖自己，做事业也全赖自己，与资格都无关系。我看过许多留学生程度不如本国大学生，许多大学生程度不如中学生。至于凭资格去混事做，学校的资格在今日是不大高贵的,你如果作此想,最好去逢迎奔走,因为那是一条较捷的路径。

升学问题,跨进大学门限以后,还不能算完全解决。选科选课还得费你几番踌躇。在选课的当儿,个人兴趣与社会需要尝不免互相冲突。许多人升学选课都以社会需要为准。从前人都欢迎速成法政;我在中学时代,许多同学都希望进军官学校或是教会大学;我进了高等师范,那要算是穷人末路。那时高等师范里最时髦的是英文科,我选了国文科,那要算是腐儒末路。杜威来中国时,哥伦比亚大学的留学生们把教育学也弄得很热闹。近来书店逐渐增多,出诗文集一天容易似一天,文学的风头也算是出得十足透顶。听说现在法政经济又很走时了。朋友,你是学文学或是学法政呢?"学以致用"本来不是一种坏的主张;但是资禀兴趣人各不同,你假若为社会需要而忘却自己,你就未免是一位"今之学者"了。任何科目,只要和你兴趣资禀相近,都可以发挥你的聪明才力,都可以使你效用于社会。所以你选课时,旁的问题都可以丢开,只要问:"这门功课合我的胃口么?"

我时常想,做学问,做事业,在人生中都只能算是第二桩事。人生第一桩事是生活。我所谓"生活"是"享受",是

"领略",是"培养生机"。假若为学问为事业而忘却生活,那种学问事业在人生中便失其真正意义与价值。因此,我们不应该把自己看作社会的机械。一味迎合社会需要而不顾自己兴趣的人,就没有明白这个简单的道理。

我把生活看作人生第一桩要事,所以不赞成早谈专门;早谈专门便是早走狭路,而早走狭路的人对于生活常不能见得面面俱到。前天 G 君对我谈过一个故事,颇有趣,很可说明我的道理。他说,有一天,一个中国人、一个印度人和一位美国人游历,走到一个大瀑布前面,三人都看得发呆。中国人说:"自然真是美丽!"印度人说:"在这种地方才见到神的力量呢!"美国人说:"可惜偌大水力都空费了!"这三句话各个不同,各有各的真理,也各有各的缺陷。在完美的世界里,我们在瀑布中应能同时见到自然的美丽,神力的广大和水力的实用。许多人因为站在狭路上,只能见到诸方面的某一面,便说他人所见到的都不如他的真确。前几年大家曾像煞有介事地争辩哲学和科学,争辩美术和宗教,不都是坐井观天诬天渺小么?

我最怕和谈专门的书呆子在一起,你同他谈话,他三句话就不离本行。谈到本行以外,旁人所以为兴味盎然的事物,他听之则麻木不能感觉。像这样的人是因为做学问而忘记生活了。我特地提出这一点来说,因为我想现在许多人大谈职业教育,而不知单讲职业教育也颇危险。我并非反对职业教育,我却深深地感觉到职业教育应该有宽大自由教育(liberal education)做根底。倘若先没有多方面的宽大自由教育做根底,则职业教育的流弊,在个人方面,常使生活单调乏味,在社会方面,常使文化浮浅褊狭。

许多人一开口就谈专门(specialization),谈研究(research work)。他们说,欧美学问进步所以迅速,由于治学尚专门。原来不专则不精,固是自然之理,可是"专"也并非是任何人所能说的。倘若基础树得不宽广,你就是"专",也决不能"专"到多远路。自然和学问都是有机的系统,其中各部分常息息相通,牵此则动彼。倘若你对于其他各部分都茫无所知,而专门研究某一部分,实在是不可能的。哲学和历史,须有一切学问做根底;文学与哲学、历史也密切相关;科学是比较可以专习的,而实亦不尽然。比方生物学,要研究到精深的地步,不能不通化学,不能不通物理学,不能不通地质学,不能不通数学和统计学,不能不通心理学。许多人连动物学和植物学的基础也没有,便谈专门研究生物学,是无异于未学爬而先学跑的。我时常想,学问这件东西,先要能博大而后能精深。"博学守约",真是至理名言。亚里士多德是种种学问的祖宗。康德在大学里几乎能担任一切功课的教授。歌德盖代文豪而于科学上也很有建树。亚当·斯密是英国经济学的始祖,而他在大学是教授文学的。近如罗素,他对于数学、哲学、政治学样样都能登峰造极。这是我信笔写来的几个确例。西方大学者(尤其是在文学方面)大半都能同时擅长几种学问的。

我从前预备再做学生时,也曾痴心妄想过专门研究某科中的某某问题。来欧以后,看看旁人做学问所走的路径,总觉悟像我这样浅薄,就谈专门研究,真可谓"颜之厚矣"!我此时才知道从前在国内听大家所谈的"专门"是怎么一回事。中国一般学者的通弊就在不重根基而侈谈高远。比方"讲东西文化"的人,可以不通哲学,可以不通文学和美术,可以不通历史,可以不通科学,可以不懂宗教,而信口开河,凭空立说;历史学者闻之窃笑,科学家闻之窃笑,文艺批评学者闻之窃笑,只是发议论者自己在那里洋洋得意。再比方著世界文学史的人,法国文学可以不懂,英国文学可以不懂,德国文学可以不懂,希腊文学可以不懂,中国文学可以不懂,而东抄西袭,堆砌成篇,使法国文学学者见之窃笑,英国文学学者见之窃笑,中国文学学者见之窃笑,只是著书人自己在那里大吹喇叭。这真所谓"放屁放屁,真正岂有此理"!

朋友,你就是升到大学里去,千万莫要染着时下习气,侈谈高远而不注意把根基打得宽大稳固。我和你相知甚深,客气话似用不着说。我以为你在中学所打的基本学问的基础还不能算是稳固,还不能使你进一步谈高深专门的学问。至少在大学头一二年中,你须得尽力多选功课,所谓多选功课,自然也有一个限制。贪多而不务得,也是一种毛病。我是说,在你的精力时间可能范围以内,你须极力求多方面的发展。

最后,我这番话只是针对你的情形而发的。我不敢说一切中学生都要趁着这条路走。但是对于预备将来专门学某一科而谋深造的人,——尤其是所学的关于文哲和社会科学方面,——我的忠告总含有若干真理。

同时,我也很愿听听你自己的意见。

你的好友,光潜。

八　谈作文

朋友：

我们对于许多事，自己愈不会做，愈望朋友做得好。我生平最大憾事就是对于美术和运动都一无所长。幼时薄视艺事为小技，此时亦偶发宏愿去学习，终苦于心劳力拙，怏怏然废去。所以每遇年幼好友，就劝他趁早学一种音乐，学一项运动。

其次，我极羡慕他人做得好文章。每读到一种好作品，看见自己所久想说出而说不出的话，被他人轻轻易易地说出来了，一方面固然以作者"先获我心"为快，而另一方面也不免心怀惭怍，惟其惭怍，所以每遇年幼好友，也苦口劝他练习作文，虽然明明知道人家会奚落我说："你这样起

八　谈作文

劲谈作文，你自己的文章就做得'蹩脚'！"

文章是可以练习的么？迷信天才的人自然嗤着鼻子这样问。但是在一切艺术里，天资和人力都不可偏废。古今许多第一流作者大半都经过刻苦的推敲揣摩的训练。法国福楼拜尝费三个月的功夫做成一句文章；莫泊桑尝登门请教，福楼拜叫他把十年辛苦成就的稿本付之一炬，从新起首学描实境。我们读莫泊桑那样的极自然极轻巧极流利的小说，谁想到他的文字也是费功夫作出来的呢？我近来看见两段文章，觉得是青年作者应该悬为座右铭的，写在下面给你看看：

一段是从托尔斯泰的儿子 Count Ilya Tolstoy 所做的《回想录》(Reminiscences) 里面译出来的，这段记载托尔斯泰著《安娜·卡列尼娜》(Anna Karenina) 修稿时的情形。他说："《安娜·卡列尼娜》初登俄报 Vyetnik 时，底页都须寄吾父亲自校对。他起初在纸边加印刷符号如删削句读等，继而改字，继而改句，继而又大加增删，到最后，那张底页便成百孔千疮，糊涂得不可辨识。幸吾母尚能认清他的习用符号以及更改增删。她尝终夜不眠替吾父誊清改过底页。次晨，她便把他很整洁的清稿摆在桌上，预备他下来拿去付邮。吾父把这清稿又拿到书房里去看'最后一遍'，到晚间这清稿又重新涂改过，比原来那

045

张底页要更加糊涂，吾母只得再抄一遍。他很不安地向吾母道歉。'松雅吾爱，真对不起你，我又把你誊的稿子弄糟了。我再不改了。明天一定发出去。'但是明天之后又有明天。有时甚至于延迟几礼拜或几月。他总是说，'还有一处要再看一下'，于是把稿子再拿去改过。再誊清一遍。有时稿子已发出了，吾父忽然想到还要改几个字，便打电报去吩咐报馆替他改。"

你看托尔斯泰对文字多么谨慎，多么不惮烦！此外小泉八云给张伯伦教授（Prof. Chamberlain）的信也有一段很好的自白。他说："……题目择定，我先不去运思，因为恐怕易生厌倦。我作文只是整理笔记。我不管层次，把最得意的一部分先急忙地信笔写下。写好了，便把稿子丢开，去做其他较适意的工作。到第二天，我再把昨天所写的稿子读一遍，仔细改过，再从头至尾誊清一遍，在誊清中，新的意思自然源源而来，错误也呈现了，改正了。于是我又把他搁起，再过一天，我又修改第三遍。这一次是最重要的，结果总比原稿大有进步，可是还不能说完善。我再拿一片干净纸作最后的誊清，有时须誊两遍。经过这四五次修改以后，全篇的意思自然各归其所，而风格也就改定妥帖了。"

小泉八云以美文著名，我们读他这封信，才知道他的成功秘诀。一般人也许以为这样咬文嚼字近于迂腐。在青年心目中，这种训练尤其不合胃口。他们总以为能倚马千言、不加点窜的才算好脚色。这种念头不知误尽多少苍生？在艺术田地里比在道德田地里，我们尤其要讲良心。稍有苟且，便不忠实。听说印度的甘地主办一种报纸，每逢作文之先，必斋戒静坐沉思一日夜然后动笔。我们以文字骗饭吃的人们对之能不愧死么？

文章像其他艺术一样，"神而明之，存乎其人"，精微奥妙都不可言传，所可以言传的全是糟粕。不过初学作文也应该认清路径，而这种路径是不难指点的。

学文如学画，学画可临帖，又可写生。在这两条路中间，写生自然较为重要。可是临帖也不可一笔勾销，笔法和意境在初学时总须从临帖中领会。从前中国文人学文大半全用临帖法。每人总须读过几百篇或几千篇名著，揣摩呻吟，至能背诵，然后执笔为文，手腕自然纯熟。欧洲文人虽亦重读书，而近代上品作者大半都由写生入手。莫泊桑初请教于福楼拜，福楼拜叫他描写一百个不同的面孔。霸若因为要描写吉普赛野人生活，便自己去和他们同住，可是这并非说他们完全不临帖。许多第一流作者起初都经过模仿的阶段。莎士比亚起初模仿英国旧戏剧作者，勃朗宁起初模仿雪莱，陀思妥耶夫斯基和许多俄国小说家都模仿雨果。我以为向一般人说法，临帖和写生都不可偏废。所谓临帖在多读书。中国现当新旧交替时代，一般青年颇苦无书可读。新作品寥寥有数，而旧书又受复古反动影响，为新文学家所不乐道。其实冬烘学究之厌恶新小说和白话诗，和新文学运动者之攻击读经和念古诗文，都是偏见。文学上只有好坏的分别，没有新旧的分别。青年们读新书已成时髦，用不着再提倡，我只劝有闲工夫有好兴致的人对于旧书也不妨去读读看。

　　读书只是一步预备的工夫，真正学作文，还要特别注意写生。要写生，须勤做描写文和记叙文。中国国文教员们常埋怨学生们不会做议论文。我以为这并不算奇怪。中学生的理解和知识大半都很贫弱，胸中没有议论，何能做得出议论文？许多国文教员们叫学生入手就做议论文，这是没有脱去科举时代的陋习。初学做议论文是容易走入空疏俗滥的路上去。我以为初学作文应该从描写文和记叙文入手，这两种文做好了，议论文是很容易办的。

　　这封信只就一时见到的几点说说。如果你想对于作文方法还要多知道一点，我劝你看看夏丏尊和刘薰宇两先生合著的《文章作法》。这本书有许多很精当的实例，对于初学是很有用的。

光潜。

九　谈情与理

朋友：

去年张东荪先生在《东方杂志》发表过两篇论文，讨论兽性问题，并提出理智救国的主张。今年李石岑先生和杜亚泉先生也为着同样问题，在《一般》上起过一番辩论。一言以蔽之，他们的争点是：我们的生活应该受理智支配呢？还是应该受感情支配呢？张、杜两先生都是理智的辩护者，而李先生则私淑尼采，对于理智颇肆抨击。我自己在生活方面，尝感着情与理的冲突。近来稍涉猎文学、哲学，又发现现代思潮的激变，也由这个冲突发轫。屡次手痒，想做一篇长文，推论情与理在生活与文化上的位置，因为牵涉过广，终于搁笔。在私人通信中，大题不妨小

九　谈情与理

做，而且这个问题也是青年所急宜了解的，所以趁这次机会，粗陈鄙见。

科学家讨论事理，对于规范与事实，辨别极严。规范是应然，是以人的意志定出一种法则来支配人类生活的。事实是实然的，是受自然法则支配的。比方伦理、教育、政治、法律、经济各种学问都侧重规范，数、理、化各种学问都侧重事实。规范虽和事实不同，而却不能不根据事实。比方在教育学中，"自由发展个性"是一种规范，而所根据的是儿童心理学中的事实；在马克思派经济学中，"阶级斗争"和"劳工专政"都是规范，而"剩余价值"律和"人口过剩"律是他所根据的事实。但是一般人制定规范，往往不根据事实而根据自己的希望。不知人的希望和自然界的事实常不相侔，而规范是应该现于事实的。规范倘若不根据事实，则不特不能实现，而且漫无意义。比方在事实上二加二等于四，而人的希望往往超过事实，硬想二加二等于五。既以为二加二等于五是很好的，便硬定"二加二应该等于五"的规范，这岂不是梦话？

我所以不满意于张东荪、杜亚泉诸先生的学说者，就因为他们既没有把规范和事实分别清楚，而又想离开事实，只凭自家理想去定规范。他们想把理智抬举到万能的地位，而不问在事实上理智是否万能;他们只主张理智应该支配一切生活,而不考究生活是否完全可以理智支配。我很奇怪张先生以柏格森的翻译者而抬举理智,我尤其奇怪杜先生想从哲学和心理学的观点去抨击李先生,而不知李先生的学说得自尼采,又不知他自己所根据的心理学早已陈死。

只论事实,世界文化和个人生活果能顺着理智所指的路径前进么?现代哲学和心理学对于这个问题所给的答案是否定的。

哲学家怎样说呢?现代哲学的主要潮流可以说是十八世纪理智主义的反动。自尼采、叔本华以至于柏格森,没有人不看透理智的威权是不实在的。依现代哲学家看,宇宙的生命、社会的生命和个体的生命都只有目的而无先见(purposive without foresight)。所谓有目的,是说生命是有归宿的,是向某固定方向前进的;所谓无先见,是说在未归宿之先,生命不能自己预知归宿何所。比方母鸡孵卵,其目的在产小鸡,而这个目的却不必预存于母鸡的意识中。理智就是先见,生命不受先见支配,所以不受理智支配。这是现代哲学上一种主要思潮,而这个思潮在政治思想上演出两个相反的结论。其一为英国保守派政治哲学。他们说,理智既不能左右社会生命,所以我们应该让一切现行制度依旧存在，它们自己会变好，不用人费力去筹划改革。其一为法国行会主义（syndicalism）。这派激烈分子说，现行制度已经够坏了，把它们打破以后，任它们自己变去，纵然没有理智产生的建设方略，也决不会有比现在更坏的制度发现出来。无论你相信哪一说，理智都不是万能的。

在心理学方面，理智主义的反动尤其剧烈。这种反动有两个大的倾向。第一个倾向是由边沁的乐利主义（hedonism）转到麦独孤的动原主义（homic theory）。乐利派心理学者以为一切行为都不外寻求快感与避免痛感。快感与痛感就是行为的动机。吾人心中预存何者发生快感何者发生痛感的计算，而后才有寻求与避免的行为。换句话说，行为是理智的产品，而理智所去取，则以感觉之快与不快为标准。这种学说在十八十九两世纪颇盛行，到了现代，因为受麦独孤心理学者的攻击，已成体无完肤。依麦独孤派学者看，享乐主义误在倒果为因。快感与痛感是行为的结果，不是行为的动机，动作顺利，于是生快感，动作受阻碍，于是生痛感；在动作未发生之前，吾人心中实未曾运用理智，预期快感如何寻求、痛感如何避免。行为的原动力是本能与情绪，不是理智。这个道理麦独孤在他的《社会心理学》里说得很警辟。

心理学上第二个反理智的倾向是弗洛伊德派的隐意识心理学。依这派学者看，心好比大海，意识好比海面浮着的冰山，其余汪洋深湛的统是隐意识。意识在心理中所占位置甚小，而理智在意识中所占位置又甚小，所以理智的能力是极微末的，通常所谓理智，大半是理性化（rationalisation）的结果，理智之来，常不在行为未发生之前，而在行为已发生之后。行为之发生，大半由隐意识中的情意综（Complexes）主持。吾人于事后须得解释辩护，于是才找出种种理由来。这便是理性化。比方一个人钟爱一个女子，天天不由自主地走到她的寓所左右。而他自己所能举出的理由只不外"去看报纸""去访她哥哥""去看那棵柳树今天开了几片新叶"一类的话。照这样说，不特理智不易驾驭感情，而理智自身也不过是感情的变相。维护理智的人喜用弗洛伊德的升华说（sublimation）做护身符，不知所谓升华大半还是隐意识作用，其中情的成分比理的成分更加重要。

总观以上各点，我们可以知道在事实上理智支配生活的能力是极微末、极薄弱的，尊理智抑感情的人在思想上是开倒车，是想由现世纪回到十八世纪。开倒车固然不一定就是坏，可是要开倒车的人应该先证明现代哲学和心理学是错误的。不

九 谈情与理

然,我们决难悦服。

更进一步,我们姑且丢开理智是否确能支配情感的问题,而衡量理智的生活是否确比情感的生活价值来得高。迷信理智的人不特假定理智能支配生活,而且假定理智的生活是尽善尽美的。第一个假定,我们已经知道,是与现代哲学和心理学相矛盾的。现在我们来研究第二个假定。

第一,我们应该知道理智的生活是很狭隘的。如果纯任理智,则美术对于生活无意义,因为离开情感,音乐只是空气的震动,图画只是涂着颜色的纸,文学只是联串起来的字。如果纯任理智,则宗教对于生活无意义,因为离开情感,自然没有神奇,而冥感灵通全是迷信。如果纯任理智,则爱对于人生也无意义,因为离开情感,男女的结合只是为着生殖。我们试想生活中无美术、无宗教(我是指宗教的狂热的情感与坚决信仰)、无爱情,还有什么意义?记得几年前有一位学生物学的朋友在《学灯》上发表一篇文章,说穷到究竟,人生只不过是吃饭与交媾。他的题目我一时记不起,仿佛是"悲""哀"一类的字。专从理智着想,他的话是千真万确的。但是他忘记了人是有感情的动物。有了感情,这个世界便另是一个世界,而这个人生便另是一个人生,决不是吃饭交媾就可以了事的。

第二，我们应该知道理智的生活是很冷酷的，很刻薄寡恩的。理智指示我们应该做的事甚多，而我们实在做到的还不及百分之一。所做到的那百分之一大半全是由于有情感在后面驱遣。比方我天天看见很可怜的乞丐，理智也天天提醒我赈济困穷的道理，可是除非我心中怜悯的情感触动时，我百回就有九十九回不肯掏腰包。前几天听见一位国学家投河的消息，和朋友们谈，大家都觉得他太傻。他固然是傻，可是世间有许多事须得有几分傻气的人才能去做。纯信理智的人天天都打计算，有许多不利于己的事他决不肯去做的。历史上许多侠烈的事迹都是情感的而不是理智的。

人类如要完全信任理智，则不特人生趣味剥削无余，而道德亦必流为下品。严密说起，纯任理智的世界中只能有法律而不能有道德。纯任理智的人纵然也说道德，可是他们的道德是问理的道德（morality according to principle），而不是问心的道德（morality according to heart），问理的道德迫于外力，问心的道德激于衷情，问理而不问心的道德，只能给人类以束缚而不能给人类以幸福。

比方中国人所认为百善之首的"孝"，就可以当作问理的道德，也可以当作问心的道德。如果单讲理智，父母对于子女不能居功，而子女对于父母便不必言孝。这个道理胡适之先生在《答汪长禄书》里说得很透辟。他说：

> "父母于子无恩"的话，从王充孔融以来，也很久了。……今年我自己生了一个儿子，我才想到这个问题上去。我想这个孩子自己并不曾自由主张要生在我家，我们做父母的也不曾得他的同意，就糊里糊涂的给他一条生命，况且我们也并不曾有意送给他这条生命。我们既无意，如何能居功？……我们生一个儿子，就好比替他种了祸根，又替社会种了祸根。……所以我们教他养他，只是我们减轻罪过的法子。……这可以说是恩典吗？

因此，胡先生不赞成把"儿子孝顺父母"列为一种"信条"。

胡先生所以得此结论，是假定孝只是一种报酬，只是一种问理的道德。把孝当作这样解释，我也不赞成把它"列为一种信条"。但是我们要知道真孝并不是一种报酬，并不是借债还息。孝只是一种爱，而凡爱都是以心感心，以情动情，决不像做生意买卖，时时抓住算盘子，计算你给我二五，我应该报酬你一十。换句话说，孝是情感的，不是理智的。世间有许多慈母,不惜牺牲一切,以护养她的婴儿;世间也有许多婴儿,无论到了怎样困穷忧戚的境遇,总可以把头埋在母亲的怀里,得那不能在别处得到的保护与安慰。这就是孝的起源,这也就是一切爱的起源。这种孝全是激于至诚的,是我所谓问心的道德。

孝不是一种报酬,所以不是一种义务,把孝看成一种义务,于是"孝"就由问心的道德降而为问理的道德了。许多人"孝顺"父母,并不是因为激于情感,只因为他想凡是儿子都须得孝顺父母,才成体统。礼至而情不至,孝的意义本已丧失。儒家想因存礼以存情,于是孝变成一种虚文。像胡先生所说,"无论怎样不孝的人,一穿上麻衣,带上高梁冠,拿着哭丧棒,人家就称他做'孝子'"了。近人非孝,也是从理智着眼,把孝看作一种债息。其实与儒家末流犯同一毛病。问理的孝可非,而问心的孝是不可非的。

孝不过是许多事例中之一种。其他一切道德也都可以有问心的和问理的分别。问理的道德虽亦不可少,而衡其价值,则在问心的道德之下。孔子讲道德注重"仁"字,孟子讲道德注重"义"字,"仁"比"义"更有价值,是孔门学者所公认的。"仁"就是问心的道德,"义"就是问理的道德。宋儒注"仁义"两个字说:"仁者心之德,义者事之宜。"这是很精确的。

九　谈情与理

我说了这许多话，可以一言以蔽之，"仁"胜于"义"，问心的道德胜于问理的道德，所以情感的生活胜于理智的生活。生活是多方面的，我们不但要能够知（know），我们更要能够感（feel）。理智的生活只是片面的生活。理智没有多大能力去支配情感，纵使理智能支配情感，而理胜于情的生活和文化都不是理想的。

我对于这个问题还有许多的话，在这封信里只能言不尽意，待将来再说。

你的朋友，光潜。

此文发表后，曾蒙杜亚泉先生给了一个批评（见《一般》三卷三号），当时课忙，所以没有奉复。我此文结论中明明说过："问理的道德虽亦不可少，而衡其价值，则在问心的道德之下。"我并没有说把理智完全勾消。杜先生也说："我也主张主情的道德。"然则我们的意见根本并无二致。我不能不羡慕杜先生真有闲工夫。

杜先生一方面既然承认"朱先生说，'真孝并不是一种报酬'，这句话很精到的"，而另一方面又加上一句"但说'孝不是一种义务'这句话却错了"。我以为他可以说出一番大道理来，而下文不过是如此："至于父母就是社会上担负教育子女义务的人……这种人在衰老的时候，社会也应该辅养他。"说明白一点咧，在子女幼时，父母曾为社会辅养子女；所以到父母老时，子女也应该为社会辅养父母。

请问杜先生，这是不是所谓报酬？承认我的"孝不是一种报酬"一语为"精到"，而说明"孝是一种义务"时，又回到报酬的原理，这似犯了维护理智的人们所谓"矛盾律"。

"今之孝者，是谓能养"，杜先生大约还记得下文罢？我承认"养老"、"养小"都确是一种义务，我否认能尽这种义务就是孝慈。因为我主张于能尽养老的义务之外，还要有出于衷诚的敬爱，才能谓孝，所以我主张孝不是一种报酬。因为我主张孝不是一种报酬，所以我否认孝只是一种义务。杜先生同意于"孝不是一种报酬"，而致疑于"孝不是一种义务"，这也是矛盾。

维护理智的人，推理一再陷于矛盾，世间还有更好的凭据证明理智不可尽信么？

十七年二月，光潜附注。

十　谈摆脱

朋友：

近来研究黑格尔（Hegel）讨论悲剧的文章，有时拿他的学说来印证实际生活，颇觉欣然有会意。许久没有写信给你，现在就拿这点道理作谈料。

黑格尔对于古今悲剧，最推尊希腊索福克勒斯（sophocles）的《安提戈涅》（Antigone）。安提戈涅的哥哥因为争王位，借重敌国的兵攻击他自己的祖国忒拜，他在战场中被打死了。忒拜新王克瑞翁（Creon）悬令，如有人敢收葬他，便处死罪，因为他是一个国贼。安提戈涅很像中国的聂嫈，毅然不避死刑，把她哥哥的尸骨收葬了。安提戈涅又是和克瑞翁的儿子海蒙

（Haemon）订过婚的，她被绞以后，海蒙痛恨她，也自杀了。

黑格尔以为凡悲剧都生于两理想的冲突，而安提戈涅是最好的实例。就克瑞翁说，做国王的职责和做父亲的职责相冲突。就安提戈涅说，做国民的职责和做妹妹的职责相冲突。就海蒙说，做儿子的职责和做情人的职责相冲突。因此冲突，故三方面结果都是悲剧。

黑格尔只是论文学，其实推广一点说，人生又何尝不是一种理想的冲突场？不过实在界和舞台有一点不同，舞台上的悲剧生于冲突之得解决，而人生的悲剧则多生于冲突之不得解决。生命途程上的歧路尽管千差万别，而实际上只有一条路可走，有所取必有所舍，这是自然的道理。世间有许多人站在歧路上只徘徊顾虑，既不肯有所舍，便不能有所取。世间也有许多人既走上这一条路，又念念不忘那一条路。结果也不免差误时光。"鱼我所欲，熊掌亦我所欲，二者不可得兼，舍鱼而取熊掌可也。"有这样果决，悲剧决不会发生。悲剧之发生就在既不肯舍鱼，又不肯舍熊掌，只在那儿垂涎打算盘。这个道理我可以举几个实例来说明：

"禾"是一个大学生，很好文学，而他那一班的功课有簿记、有法律，都是他所厌恶的。他每见到我便愁眉蹙额地说：

十　谈摆脱

"真是无聊！天天只是预备考试！天天只是读这些没有意味的课本！"我告诉他："你既不欢喜那些东西，便把它们丢开就是了。"他说："既然花了家里的钱进学堂，总得要勉强敷衍考试才是。"我说："你要敷衍考试，就敷衍考试就是了。"然而他天天嫌恶考试，天天又还在那儿预备考试。

我有一个幼时的同学恋爱了一个女子。他的家庭极力阻止他。他每次来信都向我诉苦。我去信告诉他说："你既然爱她，便毅然不顾一切去爱她就是了。"他又说："家庭骨肉的恩爱就能够这样恝然置之么？"我回复他说："事既不能两全，你便应该趁早疏绝她。"但是他到现在还是犹豫不知所可，还是照旧叫苦。

"禹"也是一个旧相识。他在衙门里充当一个小差事。他很能做文章，家里虽不丰裕，也还不至于没有饭吃。衙门里案牍和他的脾胃不很合，而且妨碍他著述。他时常觉得他的生活没有意味，和我谈心时，不是说："嗳，如果我不要就这个事，这本稿子久已写成了。"就是说："这事简直不是人干的，我回家陪妻子吃糙米饭去了！"像这样的话我也不知道听他说过多少回数，但是他还是依旧风雨无阻的去应卯。

这些朋友的毛病都不在"见不到"而在"摆脱不开"。"摆脱不开"便是人生悲剧的起源。畏首畏尾，徘徊歧路，心境既多苦痛，而事业也不能成就。许多人的生命都是这样模模糊糊地过去的。要免除这种人生悲剧，第一须要"摆脱得开"。消极说是"摆脱得开"，积极说便是"提得起"，便是"抓得住"。认定一个目标，便专心致志的向那里走，其余一切都置之度外，这是成功的秘诀，也是免除烦恼的秘诀。现在姑且举几个实例来说明我所谓"摆脱得开"。

释迦牟尼当太子时，乘车出游，看到生老病死的苦状，便恍然解悟人生虚幻，把慈父、娇妻、爱子和王位一齐抛开，深夜遁入深山，静坐菩提树下，冥心默想解脱人类罪苦的方法。这是古今第一个知道摆脱的人。其次如苏格拉底，如耶稣，如屈原，如文天祥，为保持人格而从容就死，能摆脱开一般人所摆脱不开的生活欲，也很可以廉顽立懦。再其次如希腊第欧根尼提倡克欲哲学，除一个饮水的杯子和一个盘坐的桶子以外，身旁别无长物，一日见童子用手捧水喝，他便把饮水的杯子也掷碎。犹太斯宾诺莎学说与犹太教义不合，犹太教徒行贿不遂，把他驱逐出籍，他以后便专靠磨镜过活。他在当时是欧洲第一个大哲学家，海德尔堡大学请他去当哲学教授，他说："我还是磨我的镜子比较自由。"所以谢绝教授的位置。这是能为

十　谈摆脱

真理为学问摆脱一切的。卓文君逃开富家的安适,去陪司马相如当垆卖酒,是能为恋爱摆脱一切的。张翰在齐做大司马东曹掾,一天看见秋风乍起,想起吴中菰菜莼羹鲈鱼脍,立刻就弃官归里。陶渊明做彭泽令,不愿束带见督邮,向县吏说:"我岂能为五斗米折腰向乡里小儿!"立即解绶辞官。这是能摆脱禄位以行吾心所安的。英国小说家司各特早年颇致力于诗,后读拜伦著作,知道自己在诗的方面不能有大成就,便丢开音律专去做他的小说。这是能为某一种学问而摆脱开其他学问之引诱的。孟敏堕甑,不顾而去。郭林宗问他的缘故,他回答说:"甑已碎,顾之何益?"这是能摆脱过去失败的。

斯蒂文森论文,说文章之术在知遗漏(the art of omitting),其实不独文章如是,生活也要知所遗漏。我幼时,有一位最敬爱的国文教师看出我不知摆脱的毛病,尝在我的课卷后面加这样的批语:"长枪短戟,用各不同,但精其一,已足致胜。汝才有偏向,姑发展其所长,不必广心博骛也。"十年以来,说了许多废话,看了许多废书,做了许多不中用的事,走了许多没有目标的路,多尝试,少成功,回忆师训,殊觉赧然,冷眼观察,世间像我这样暗中摸索的人正亦不少。大节固不用说,请问街头那纷纷群众忙的为什么?为什么天天做明知其无聊的工作,说明知其无聊的话,和明知其无聊的朋友行假意周旋?在我看来,这都由于"摆脱不开"。因为人人都"摆脱不开",所以生命便成了一幕最大的悲剧。

朋友,我写到这里,已超过寻常篇幅,把上面所写的翻看一过,觉得还没有把"摆脱"的道理说得透。我只谈到粗浅处,细微处让你自己暇时细心体会罢。

你的朋友,光潜。

十一　谈在卢浮宫所得的一个感想

朋友：

去夏访巴黎卢浮宫，得摩挲《蒙娜丽莎》肖像的原迹，这是我生平一件最快意的事。凡是第一流美术作品都能使人在微尘中见出大千，在刹那中见出终古。列奥纳多·达·芬奇（Leonardo da Vinci）的这幅半身美人肖像纵横都不过十几寸，可是她的意蕴多么深广！佩特（Walter Pater）在《文艺复兴论》里说希腊、罗马和中世纪的特殊精神都在这一幅画里表现无遗。我虽然不知道佩特所谓希腊的生气、罗马的淫欲和中世纪的神秘是什么一回事，可是从那轻盈笑靥里我仿佛窥透人世的欢爱和人世的罪孽。虽则见欢爱而无留恋，虽则见罪孽而无畏惧。一切希冀和畏避的念头在霎时间都涣然冰释,只游心于和谐静穆的意境。这种境界我在贝多芬乐曲里,在米洛斯的维纳斯雕像里,在《浮士德》诗剧里,也常隐约领略过,可是都不如《蒙娜丽莎》所表现的深刻明显。

我穆然深思,我悠然遐想,我想象到中世纪人们的热情,想象到达·芬奇作此画时费四个寒暑的精心结构,想象到丽莎夫人临画时听到四周的缓歌慢舞,如何发出那神秘的微笑。

正想得发呆时,这中世纪的甜梦忽然被现世纪的足音惊醒,一个法国向导领着一群四五十个男的女的美国人蜂拥而来了。向导操很拙劣的英语指着说:"这就是著名的《蒙娜丽莎》。"那班肥颈项胖乳房的人们照例露出几种惊奇的面孔,说出几个处处用得着的赞美的形容词,不到三分钟又蜂拥而去了。一年四季,人们尽管川流不息的这样蜂拥而来蜂拥而去,丽莎夫人却时时刻刻在那儿露出你不知道是怀善意还是怀恶意的微笑。

从观赏《蒙娜丽莎》的群众回想到《蒙娜丽莎》的作者,我登时发生一种不调和的感触,从中世纪到现世纪,这中间有多么深多么广的一条鸿沟!中世纪的旅行家一天走上二百里已算飞快,现在坐飞艇不用几十分钟就可走几百里了。中世纪的

十一　谈在卢浮宫所得的一个感想

著作家要发行书籍须得请僧侣或抄胥用手抄写，一个人朝于斯夕于斯的，一年还不定能抄完一部书；现在大书坊每日可出书万卷，任何人都可以出文集诗集了。中世纪许多书籍是新奇的，连在近代，以培根、笛卡儿那样渊博，都没有机会窥亚里士多德的全貌，近如包慎伯到三四十岁时才有一次机会借阅《十三经注疏》。现在图书馆林立，贩夫走卒也能博通上下古今了。中世纪画《蒙娜丽莎》的人须自己制画具自己配颜料，作一幅画往往须三年五载才可成功；现在美术家每日可以成几幅乃至于十几幅"创作"了。中世纪人想看《蒙娜丽莎》须和作者或他的弟子有交谊，真能欣赏他，才能侥幸一饱眼福；现在卢浮宫好比十字街，任人来任人去了。

这是多么深多么广的一条鸿沟！据历史家说，我们已跨过了这鸿沟，所以我们现代文化比中世纪进步得多了。话虽如此说，而我对着《蒙娜丽莎》和观赏《蒙娜丽莎》的群众，终不免有所怀疑，有所惊惜。

在这个现世纪忙碌的生活中，哪里还能找出三年不窥园、十年成一赋的人？哪里还能找出深通哲学的磨镜匠，或者行乞读书的苦学生？现代科学和道德信条都比从前进步了，哪里还能迷信宗教崇尚侠义？我们固然没有从前人的呆气，可是我们也没有从前人的苦心与热情了。别的不说，就是看《蒙娜丽莎》也只像看破烂朝报了。

科学愈进步，人类征服环境的能力也愈大。征服环境的能力愈大，的确是人生一大幸福。但是它同时也易生流弊。困难日益少，而人类也愈把事情看得太容易，做一件事不免愈轻浮粗率，而坚苦卓绝的成就也便日益稀罕。比方从纽约到巴黎还像从前乘帆船时要经许多时日，冒许多危险，美国人穿过卢浮宫决不会像他们穿过巴黎香榭丽舍街一样匆促。我很坚决的相信，如果美国人所谓"效率"（efficiency）以外，还有其他标准可估定人生价值，现代文化至少含有若干危机的。

"效率"以外究竟还有其他估定人生价值的标准么？要回答这个问题，我们最好拿法国兰斯（Reims）、亚眠（Amiens）各处几个中世纪的大教寺和纽约一座世界最高的钢铁房屋相比较。或者拿一幅湘绣和杭州织锦相比较，便易明白。如只论"效率"，杭州织锦和纽约的钢铁房屋都是一样机械的作品，较之湘绣和兰斯大教寺，费力少而效率差不多，总算没有可指摘之点。但是刺湘绣的闺女和建筑中世纪大教寺的工程师在工作时，刺一针线或叠一块砖，都要费若干心血，都有若干热情在后面驱遣，他们的心眼都钉在他们的作品上，这是近代只讲

十一　谈在卢浮宫所得的一个感想

"效率"的工匠们所诧为呆拙的。织锦和钢铁房屋用意只在适用，而湘绣和中世纪建筑于适用以外还要能慰情，还要能为作者力量气魄的结晶，还要能表现理想与希望。假如这几点在人生和文化上自有意义与价值，"效率"决不是唯一的估定价值的标准，尤其不是最高品的估定价值的标准。最高品估定价值的标准一定要着重人的成分（human element），遇见一种工作不仅估量它的成功如何，还有问它是否由努力得来的，是否为高尚理想与伟大人格之表现。如果它是经过努力而能表现理想与人格的工作，虽然结果失败了，我们也得承认它是有价值的。这个道理勃朗宁（Browning）在 Rabbi Ben Ezva 那篇诗里说得最精透，我不会翻译，只择几段出来让你自己去玩味：

Not on the vulgar mass

Called "work", must sentence pass,

Things done, that took the eye and had the price

O'er which, from level stand, The low world laid its hand,

Found straight way to its mind, could value in a trice:

But all, the world's Coarse thumb

And finger failed to plumb,

So passed in making up the main account:

All instincts immature,

All purposes unsure,

That weighed not as his work, yet swelled the man's amount:

Thoughts hardly to be packed

Into a narrow act,

Fancies that broke through Thoughts and escaped:

All I could never be

All, men ignored in me.

This I was worth to God, whose wheel the pitcher shaped.

这几段诗在我生平所给的益处最大。我记得这几句话，所以能惊赞热烈的失败，能欣赏一般人所嗤笑的呆气和空想，能景仰不计成败的坚苦卓绝的努力。

假如我的十二封信对于现代青年能发生毫末的影响，我尤其虔心默祝这封信所宣传的超"效率"的估定价值的标准能印入个个读者的心孔里去；因为我所知道的学生们、学者们和革命家们都太贪容易，太浮浅粗疏，太不能深入，太不能耐苦，太类似美国旅行家看《蒙娜丽莎》了。

光潜。

十二　谈人生与我

朋友：

我写了许多信，还没有郑重其事的谈到人生问题，这是一则因为这个问题实在谈滥了，一则也因为我看这个问题并不如一般人看得那样重要。在这最后一封信里我所以提出这个滥题来讨论，并不是要说出什么一番大道理，不过把我自己平时几种对于人生的态度随便拿来做一次谈料。

我有两种看待人生的方法。在第一种方法里，我把我自己摆在前台，和世界一切人和物在一块玩把戏；在第二种方法里，我把我自己摆在后台，袖手看旁人在那儿装腔作势。

站在前台时，我把我自己看得和旁人一样，

不但和旁人一样，并且和鸟兽虫鱼诸物也都一样。人类比其他物类痛苦，就因为人类把自己看得比其他物类重要。人类中有一部分人比其余的人苦痛，就因为这一部分人把自己比其余的人看得重要。比方穿衣吃饭是多么简单的事，然而在这个世界里居然成为一个极重要的问题，就因为有一部分人要亏人自肥。再比方生死，这又是多么简单的事，无量数人和无量数物都已生过来死过去了。一个小虫让车轮压死了，或者一朵鲜花让狂风吹落了，在虫和花自己都决不值得计较或留恋，而在人类则生老病死以后偏要加上一个苦字。这无非是因为人们希望造物真宰待他们自己应该比草木虫鱼特别优厚。

因为如此着想，我把自己看作草木虫鱼的侪辈，草木虫鱼在和风甘露中是那样活着，在炎暑寒冬中也还是那样活着。像庄子所说的，它们"诱然皆生，而不知其所以生；同焉皆得，而不知其所以得"。它们时而戾天跃渊，欣欣向荣；时而含葩敛翅，晏然蛰处，都顺着自然所赋予的那一副本性。它们决不计较生活应该是如何，决不追究生活是为着什么，也决不埋怨上天待它们特薄，把它们供人类宰割凌虐。在它们说，生活自身就是方法，生活自身也就是目的。

从草木虫鱼的生活，我学得一个经验。我不在生活以外别求生活方法，不在生活以外别求生活目的。世间少我一个，多我一个，或者我时而幸运，时而受灾祸侵逼，我以为这都无伤天地之和。你如果问我，人们应该如何生活才好呢？我说，就顺着自然所给的本性生活着，像草木虫鱼一样。你如果问我，人们生活在这幻变无常的世相中究竟为着什么？我说，生活就是为着生活，别无其他目的。你如果向我埋怨天公说，人生是多么苦恼呵！我说，人们并非生在这个世界来享幸福的，所以那并不算奇怪。

这并不是一种颓废的人生观。你如果说我的话带有颓废的色彩，我请你在春天到百花齐放的园子里去，看看蝴蝶飞，听听鸟儿鸣，然后再回到十字街头，仔细瞧瞧人们的面孔，你看谁是活泼，谁是颓废？请你在冬天积雪凝寒的时候，看看雪压的松树，看看站在冰上的鸥和游在水中的鱼，然后再回头看看遇苦便叫的那"万物之灵"，你以为谁比较能耐苦持恒呢？

我拿人比禽兽，有人也许目为异端邪说。其实我如果要援引"经典"，称道孔孟以辩护我的见解，也并不是难事。孔子所谓"知命"，孟子所谓"尽性"，庄子所谓"齐物"，宋儒所谓"扩然大公，物来顺应"，和希腊廊下派哲学，我都可以引申成一篇经义文,做我的护身符。然而我觉得这大可不必。我虽不把自己比旁人看得重要,我也不把自己看得比旁人分外低能,如果我的理由是理由,就不用仗先圣先贤的声威。

以上是我站在前台对于人生的态度。但是我平时很欢喜站在后台看人生。许多人把人生看作只有善恶分别的,所以他们的态度不是留恋,就是厌恶。我站在后台时把人和物也一律看待,我看西施、嫫母、秦桧、岳飞也和我看八哥、鹦鹉、甘草、黄连一样,我看匠人盖屋也和我看鸟鹊营巢、蚂蚁打洞一样,我看战争也和我看斗鸡一样,我看恋爱也和我看雄蜻蜓追雌蜻蜓一样。因此,是非善恶对我都无意义,我只觉得对着这些纷纭扰攘的人和物,好比看图画,好比看小说,件件都很有趣味。

这些有趣味的人和物之中自然也有一个分别。有些有趣味,是因为它们带有很浓厚的喜剧成分;有些有趣味,是因为它们带有很深刻的悲剧成分。

我有时看到人生的喜剧。前天遇见一个小外交官,他的上下巴都光光如也,和人说话时却常常用大拇指和食指在腮旁捻一捻,像有胡须似的。他们说道是官气,我看到这种举动比看诙谐画还更有趣味。许多年前一位同事常常很气忿的向人说:

"如果我是一个女子,我至少已接得一尺厚的求婚书了!"偏偏他不是女子,这已经是喜剧;何况他又麻又丑,纵然他幸而为女子,也决不会有求婚书的麻烦,而他却以此沾沾自喜,这总算得喜剧之喜剧了。这件事和英国文学家哥尔德斯密斯的一段逸事一样有趣。他有一次陪几个女子在荷兰某一个桥上散步,看见桥上行人个个都注意他同行的女子,而没有一个睬他自己,便板起面孔很气忿的说:"哼,在别地方也有人这样看我咧!"如此等类的事,我天天都见得着。在闲静寂寞的时候,我把这一类的小小事件从记忆中召回来,寻思玩味,觉得比抽烟饮茶还更有味。老实说,假如这个世界中没有曹雪芹所描写的刘姥姥,没有吴敬梓所描写的严贡生,没有莫里哀所描写的达尔杜弗和阿尔巴贡,生命更不值得留恋了。我感谢刘姥姥、严贡生一流人物,更甚于我感谢钱塘的潮和匡庐的瀑。

其次,人生的悲剧尤其能使我惊心动魄;许多人因为人生多悲剧而悲观厌世,我却以为人生有价值正因其有悲剧。我在几年前做的《无言之美》里曾说明这个道理,现在引一段来:

我们所居的世界是最完美的，就因为它是最不完美的。这话表面看去，不通已极，但是实含有至理。假如世界是完美的，人类所过的生活——比好一点，是神仙的生活，比坏一点，就是猪的生活——便必呆板单调已极，因为倘若件件事都尽美尽善了，自然没有希望发生，更没有努力奋斗的必要。人生最可乐的就是活动所生的感觉，就是奋斗成功而得的快慰。世界既完美，我们如何能尝创造成功的快慰？这个世界之所以美满，就在有缺陷，就在有希望的机会，有想象的田地。换句话说，世界有缺陷，可能性才大。

这个道理李石岑先生在《一般》三卷三号所发表的《缺陷论》里也说得很透辟。悲剧也就是人生一种缺陷。它好比洪涛巨浪，令人在平凡中见出庄严，在黑暗中见出光彩。假如荆轲真正刺中秦始皇，林黛玉真正嫁了贾宝玉，也不过闹个平凡收场，哪得叫千载以后的人唏嘘赞叹？以李太白那样天才，偏要和江淹戏弄笔墨，做了一篇《拟恨赋》，和《上韩荆州书》一样庸俗无味。毛声山评《琵琶记》，说他有意要做"补天石"传奇十种，把古今几件悲剧都改个快活收场，他没有实行，总算是一件幸事。人生本来要有悲剧才能算人生，你偏想把它一笔勾销，不说你勾销不去，就是勾销去了，人生反更索然寡趣。所以我无论站在前台或站在后台时，对于失败，对于罪孽，对于殃咎，都是用一副冷眼看待，都是用一个热心惊赞。

朋友，我感谢你费去宝贵的时光读我的这十二封信，如果你不厌倦，将来我也许常常和你通信闲谈，现在让我暂时告别罢！

写过十二封信给你的朋友，光潜。

附一　无言之美

孔子有一天突然地很高兴地对他的学生说："予欲无言。"子贡就接着问他："子如不言，则小子何述焉？"孔子说："天何言哉？四时行焉，百物生焉。天何言哉？"

这段赞美无言的话，本来从教育方面着想。但是要想明了无言的意蕴，宜从美术观点去研究。

言所以达意，然而意决不是完全可以言达的。因为言是固定的、有迹象的，意是瞬息万变、飘渺无踪的。言是散碎的，意是混整的；言是有限的，意是无限的。以言达意，好像用继续的虚线画实物，只能得其近似。

所谓文学，就是以言达意的一种美术。在文学作品中，语言之先的意象和情绪意旨所附丽的语言，都要尽美尽善，才能引起美感。

尽美尽善的条件很多。但是第一要不违背美术的基本原理，要"和自然逼真"（true to nature）。这句话讲得通俗一点，就是说美术作品不能说谎。不说谎包含有两种意义：一、我们所说的话，就恰是我们所想说的话。二、我们所想说的话，我们都吐肚子说出来了，毫无余蕴。

意既不可以完全达之以言，"和自然逼真"一个条件在文学上不是做不到？或者我们问得再直截一点，假使语言文字能够完全传达情意，假使笔之于书的和存之于心的铢两悉称，丝毫不爽，这是不是文学上所应希求的一件事？

这个问题是了解文学及其他美术所必须回答的。现在我们姑且答道：文字语言固然不能全部传达情绪意旨，假使能够，也并非文学所应希求的。一切美术作品也都是这样，尽量表现，非惟不能，而也不必。

先从事实下手研究。譬如有一个荒村或任何物体，摄影家把它照一幅相，美术家把它画一幅画。这种相片和图画可以从两个观点去比较：第一，相片或图画，哪一个较"和自然逼真"？不消说得，在同一视阈以内的东西，相片都可以包罗尽致，并且体积比例和实物都两两相称，不会有丝毫错误。图画就不然。美术家对一种境遇，未表现之先，先加一番选择。选择定的材料还须经过一番理想化，把美术家的人格参加进去，然后表现出来。所表现的只是实物一部分，就连这一部分也不必和实物完全一致。所以图画决不能如相片一样"和自然逼真"。第二，我们再问，相片和图画所引起的美感哪一个浓厚，所发生的印象哪一个深刻，这也不消说，稍有美术口胃的人都觉得图画比相片美得多。

文学作品也是同样。譬如《论语》："子在川上曰：'逝者如斯夫，不舍昼夜！'"几句话决没完全描写出孔子说这番话时候的心境，而"如斯夫"三字更笼统，没有把当时的流水形容尽致。如果说详细一点，孔子也许这样说："河水滚滚地流去，日夜都是这样，没有一刻停止。世界上一切事物不都像这流水时常变化不尽么？过去的事物不就永远过去绝不回头么？我看见这流水心中好不惨伤呀！……"但是纵使这样说去，还没有尽意。而比较起来，"逝者如斯夫，不舍昼夜！"九个字比这段长而臭的演义就值得玩味多了！在上等文学作品中，——尤其在诗词中——这种言不尽意的例子处处都可以看见。譬如陶渊明的《时运》，"有风自南，翼彼新苗"；《读〈山海经〉》，"微雨从东来，好风与之俱"，本来没有表现出诗人的情绪，然而玩味起来，自觉有一种闲情逸致，令人心旷神怡。钱起的《省试湘灵鼓瑟》末二句，"曲终人不见，江上数峰青"，也没有说出诗人的心绪，然而一种凄凉惜别的神情自然流露于言语之外。此外像陈子昂的《登幽州台歌》："前不见古人，后不见来者。念天地之悠悠，独怆然而涕下！"李白的《怨情》："美人卷珠帘，深坐颦蛾眉。但见泪痕湿，不知心恨谁。"虽然说明了诗人的情感，而所说出来的多么简单，所含蓄的多么深远？再就写景说，无论何种境遇，要描写得唯妙唯肖，都要费许多笔墨。但是大手笔只选择两三件事轻描淡写一下，完全境遇便呈露眼前，栩栩欲生。譬如陶渊明的《归园田居》："方宅十余亩，草屋八九间。榆柳阴后檐，桃李罗堂前。暧暧远人村，依依墟里烟。狗吠深巷中，鸡鸣桑树巅。"四十字把乡村风景描写多么真切！再如杜工部的《后出塞》："落日照大旗，马鸣风萧萧。平沙列万幕，部伍各见招。中天悬明月，令严夜寂寥。悲笳数声动，壮士惨不骄。"寥寥几句话，把月夜沙场状况写得多么有声有色，然而仔细观察起来，乡村景物还有多少为陶渊明所未提及，战地情况还有多少为杜工部所未提及。从此可知文学上我们并不以尽量表现为难能可贵。

在音乐里面，我们也有这种感想，凡是唱歌奏乐，音调由洪壮急促而变到低微以至于无声的时候，我们精神上就有一种沉默渊穆和平愉快的景象。白香山在《琵琶行》里形容琵琶声音暂时停顿的情况说："冰泉冷涩弦凝绝，凝绝不通声暂歇。别有幽愁暗恨生，此时无声胜有声。"这就是形容音乐上无言之美的滋味。著名英国诗人济慈（Keats）在《希腊古瓮颂》也说，"听得见的声调固然幽美，听不见的声调尤其幽美"（Heard melodies are sweet；but those unheard are sweeter），也是说同样道理。大概喜欢音乐的人都尝过此中滋味。

就戏剧说，无言之美更容易看出。许多作品往往在热闹场中动作快到极重要的一点时，忽然万籁俱寂，现出一种沉默神秘的景象。梅特林克（Maeterlinck）的作品就是好例。譬如《青鸟》的布景，择夜阑人静的时候，使重要角色睡得很长久，就是利用无言之美的道理。梅氏并且说："口开则灵魂之门闭，口闭则灵魂之门开。"赞无言之美的话不能比此更透辟了。莎士比亚的名著《哈姆雷特》一剧开幕便描写更夫守夜的状况，德林瓦特（Drinkwater）在其《林肯》中描写林肯在南北战争军事旁午的时候跪着默祷，王尔德（O.Wilde）的《温德米尔夫人的扇子》里面描写温德米尔夫人私奔在她的情人寓所等候的状况，都在兴酣局紧，心悬悬渴望结局时，放出沉默神秘的色彩，都足以证明无言之美的。近代又有一种哑剧和静的布景，或只有动作而无言语，或连动作也没有，就专靠无言之美引人入胜了。

雕刻塑像本来是无言的，也可以拿来说明无言之美。所谓无言，不一定指不说话，是注重在含蓄不露。雕刻以静体传神，有些是流露的，有些是含蓄的。这种分别在眼睛上尤其容易看见。中国有一句谚语说，"金刚怒目，不如菩萨低眉。"所谓怒目，便是流露；所谓低眉，便是含蓄。凡看低头闭目的神像，所生的印象往往特别深刻。最有趣的就是西洋爱神的雕刻，她们男女都是瞎了眼睛。这固然根据希腊的神话，然而实在含有美术的道理，因为爱情通常都在眉目间流露，而流露爱情的眉目是最难比拟的。所以索性雕成盲目，可以耐人寻思。当初雕刻家原不必有意为此，但这些也许是人类不用意识而自然碰着的巧。

要说明雕刻上流露和含蓄的分别，希腊著名雕刻《拉奥孔》（Laocoon）是最好的例子。相传拉奥孔犯了大罪，天神用了一种极惨酷的刑法来惩罚他，遣了一条恶蛇把他和他的两个儿子在一块绞死了。在这种极刑之下，未死之前当然有一种悲伤惨感目不忍睹的一顷刻，而希腊雕刻家并不擒住这一顷刻来表现，他只把将达苦痛极点前一顷刻的神情雕刻出来，所以他所表现的悲哀是含蓄不露的。倘若是流露的，一定带了挣扎呼号的样子。这个雕刻，一眼看去，只觉得他们父子三人都有一种难言之恫；仔细看去，便可发见条条筋肉根根毛孔都暗示一种极苦痛的神情。德国莱辛（Lessing）的名著《拉奥孔》就根据这个雕刻，讨论美术上含蓄的道理。

以上是从各种艺术中信手拈来的几个实例。把这些个别的实例归纳在一起，我们可以得一个公例，就是：拿美术来表现思想和情感，与其尽量流露，不如稍有含蓄；与其吐肚子把一切都说出来，不如留一大部分让欣赏者自己去领会。因为在欣赏者的头脑里所生的印象和美感，有含蓄比较尽量流露的还要更加深刻。换句话说，说出来的越少，留着不说的越多，所引起的美感就越大越深越真切。

这个公例不过是许多事实的总结束。现在我们要进一步求出解释这个公例的理由。我们要问何以说得越少，引起的美感反而越深刻？何以无言之美有如许势力？

想答复这个问题，先要明白美术的使命。人类何以有美术的要求？这个问题本非一言可尽。现在我们姑且说，美术是帮助我们超脱现实而求安慰于理想境界的。人类的意志可向两方面发展：一是现实界，一是理想界。不过现实界有时受我们的意志支配，有时不受我们的意志支配。譬如我们想造一所房屋，这是一种意志。要达到这个意志，必费许多力气去征服现实，要开荒辟地，要造砖瓦，要架梁柱，要赚钱去请泥水匠。这些事都是人力可以办到的，都是可以用意志支配的。但是我们的意志想造一座空中楼阁。现实界凡物皆向地心下坠一条定律，就不可以用意志征服。所以意志在现实界活动，处处遇障碍，处处受限制，不能圆满地达到目的，实际上我们的意志十之八九都要受现实限制，不能自由发展。譬如谁不想有美满的家庭？谁不想住在极乐国？然而在现实界决没有所谓极乐美满的东西存在。因此我们的意志就不能不和现实发生冲突。

一般人遇到意志和现实发生冲突的时候，大半让现实征服了意志，走到悲观烦闷的路上去，以为件件事都不如人意，人生还有什么意味？所以堕落、自杀、逃空门种种的消极的解决法就乘虚而入了，不过这种消极的人生观不是解决意志和现实冲突最好的方法。因为我们人类生来不是懦弱者，而这种消极的人生观甘心让现实把意志征服了，是一种极懦弱的表示。

然则此外还有较好的解决法么？有的，就是我所谓超脱现实。我们处世有两种态度，人力所能做到的时候，我们竭力征服现实。人力莫可奈何的时候,我们就要暂时超脱现实,储蓄精力待将来再向他方面征服现实。超脱到那里去呢?超脱到理想界去。现实界处处有障碍有限制,理想界是天空任鸟飞,极空阔极自由的。现实界不可以造空中楼阁,理想界是可以造空中楼阁的。现实界没有尽美尽善,理想界是有尽美尽善的。

姑取实例来说明。我们走到小城市里去,看见街道窄狭污浊,处处都是阴沟厕所,当然感觉不快,而意志立时就要表示态度。如果意志要征服这种现实哩,我们就要把这种街道房屋一律拆毁,另造宽大的马路和清洁的房屋。但是谈何容易?物质上发生种种障碍,这一层就不一定可以做到。意志在此时如何对付呢?他说:我要超脱现实,去在理想界造成理想的街道房屋来,把它表现在图画上,表现在雕刻上,表现在诗文上。于是结果有所谓美术作品。美术家成了一件作品,自己觉得有创造的大力,当然快乐已极。旁人看见这种作品,觉得它真美丽,于是也愉快起来了,这就是所谓美感。

因此美术家的生活就是超现实的生活;美术作品就是帮助我们超脱现实到理想界去求安慰的。换句话说,我们有美术的要求,就因为现实界待遇我们太刻薄,不肯让我们的意志推行无碍,于是我们的意志就跑到理想界去求慰情的路径。美术作品之所以美，就美在它能够给我们很好的理想境界。所以我们可以说，美术作品的价值高低就看它超现实的程度大小，就看它所创造的理想世界是阔大还是窄狭。

但是美术又不是完全可以和现实界绝缘的。它所用的工具——例如雕刻用的石头，图画用的颜色，诗文用的语言——都是在现实界取来的。它所用的材料——例如人物情状悲欢离合——也是现实界的产物。所以美术可以说是以毒攻毒，利用现实的帮助以超脱现实的苦恼。上面我们说过，美术作品的价值高低要看它超脱现实的程度如何。这句话应稍加改正，我们应该说，美术作品的价值高低，就看它能否借极少量的现实界的帮助，创造极大量的理想世界出来。

在实际上说，美术作品借现实界的帮助愈少，所创造的理想世界也因而愈大。再拿相片和图画来说明。何以相片所引起的美感不如图画呢？因为相片上一形一影，件件都是真实的，而且应有尽有，发泄无遗。我们看相片，种种形影好像钉子把我们的想象力都钉死了。看到相片，好像看到二五，就只能想到一十，不能想到其他数目。换句话说，相片把事物看得忒真，没有给我们以想象余地。所以相片只能抄写现实界，不能创造理想界。图画就不然。图画家用美术眼光，加一番选择的功夫，在一个完全境遇中选择了一小部分事物，把它们又经过一番理想化，然后才表现出来。惟其留着一大部分不表现，欣赏者的想象力才有用武之地。想象作用的结果就是一个理想世界。所以图画所表现的现实世界虽极小而创造的理想世界则极大。孔子谈教育说："举一隅不以三隅反，则不复也。"相片是把四隅通举出来了，不要你劳力去"复"。图画就只举一隅，叫欣赏者加一番想象，然后"以三隅反"。

流行语中有一句说："言有尽而意无穷。"无穷之意达之以有尽之言，所以有许多意，尽在不言中。文学之所以美，不仅在有尽之言，而尤在无穷之意。推广地说，美术作品之所以美，不是只美在已表现的一小部分，尤其是美在未表现而含蓄无穷的一大部分，这就是本文所谓无言之美。

因此美术要"和自然逼真"一个信条应该这样解释："和自然逼真"是要窥出自然的精髓所在，而表现出来；不是说要把自然当作一篇印版文字，很机械地抄写下来。

这里有一个问题会发生。假使我们欣赏美术作品，要注重在未表现而含蓄着的一部分，要超"言"而求"言外意"，各个人有各个人的见解，所得的言外意不是难免殊异么？当然，美术作品之所以美，就美在有弹性，能拉得长，能缩得短。有弹性所以不呆板。同一美术作品，你去玩味有你的趣味，我去玩味有我的趣味。譬如莎氏乐府所以在艺术上占极高位置，就因为各种阶级的人在不同的环境中都欢喜读它。有弹性，所以不陈腐。同一美术作品，今天玩味有今天的趣味，明天玩味有明天的趣味。凡是经不得时代淘汰的作品都不是上乘。上乘文学作品，百读都令人不厌的。

就文学说，诗词比散文的弹性大；换句话说，诗词比散文所含的无言之美更丰富。散文是尽量流露的，愈发挥尽致，愈见其妙。诗词是要含蓄暗示，若即若离，才能引人入胜。现在一般研究文学的人都偏重散文——尤其是小说。对于诗词很疏忽。这件事实可以证明一般人文学欣赏力很薄弱。现在如果要提高文学，必先提高文学欣赏力；要提高文学欣赏力，必先在诗词方面特下功夫，把鉴赏无言之美的能力养得很敏捷。因此我很望文学创作力在诗词方面多努力，而学校国文课程中诗歌应该占一个重要的位置。

本文论无言之美，只就美术一方面着眼。其实这个道理在伦理、哲学、教育、宗教及实际生活各方面，都不难发现。老子《道德经》开卷便说："道可道，非常道；名可名，非常名。"就是说伦理哲学中有无言之美。儒家谈教育，大半主张潜移默化，所以拿时雨春风做比喻。佛教及其他宗教之能深入人心，也是借沉默神秘的势力。幼稚园创造者蒙特梭利利用无言之美的办法尤其有趣。在她的幼稚园里，教师每天趁儿童玩得很热闹的时候，猛然地在粉板上写一个"静"字，或奏一声琴。全体儿童于是都跑到自己的座位去，闭着眼睛蒙着头伏案做假睡的姿势，但是他们不可睡着。几分钟后，教师又用很轻微的声音，从颇远的地方呼唤各个儿童的名字。听见名字的就要立刻醒起来。这就是使儿童可以在沉默中领略无言之美。

就实际生活方面说，世间最深切的莫如男女爱情。爱情摆在肚子里面比摆在口头上来得恳切。"齐心同所愿，含意俱未伸"和"更无言语空相觑"，比较"细语温存"、"怜我怜卿"的滋味还要更加甜蜜。英国诗人布莱克（Blake）有一首诗叫做《爱的秘密》(*Love's Secret*) 里面说：

（一）切莫告诉你的爱情，
　　爱情是永远不可以告诉的，
　　因为她像微风一样，
　　不做声不做气的吹着。

（二）我曾经把我的爱情告诉而又告诉，

我把一切都披肝沥胆地告诉爱人了，

打着寒颤，耸头发地告诉，

然而她终于离我去了！

（三）她离我去了，

不多时一个过客来了。

不做声不做气地，只微叹一声，

便把她带去了。

这首短诗描写爱情上无言之美的势力，可谓透辟已极了。本来爱情完全是一种心灵的感应，其深刻处是老子所谓不可道不可名的。所以许多诗人以为"爱情"两个字本身就太滥太寻常太乏味，不能拿来写照男女间神圣深挚的情绪。

其实何只爱情？世间有许多奥妙，人心有许多灵悟，都非言语可以传达，一经言语道破，反如甘蔗渣滓，索然无味。这个道理还可以推到宇宙人生诸问题方面去。我们所居的世界是最完美的，就因为它是最不完美的。这话表面看去，不通已极，但是实在含有至理。假如世界是完美的，人类所过的生活——比好一点，是神仙的生活，比坏一点，就是猪的生活——便呆板单调已极，因为倘若件件都尽美尽善了，自然没有希望发生，更没有努力奋斗的必要。人生最可乐的就是活动所生的感觉，就是奋斗成功而得的快慰。世界既完美，我们如何能尝创造成功的快慰？这个世界之所以美满，就在有缺陷，就在有希望的机会，有想象的田地。换句话说，世界有缺陷，可能性（potentiality）才大。这种可能而未能的状况就是无言之美。世间许多奥妙，要留着不说出；世间有许多理想，也应该留着不实现。因为实现以后，跟着"我知道了"的快慰便是"原来不过如是"的失望。

天上的云霞有多么美丽！风涛虫鸟的声息有多么和谐！用颜色来摹绘，用金石丝竹来比拟，任何美术家也是作践天籁，糟蹋自然！无言之美何限？让我这种拙手来写照，已是糟粕枯骸！这种罪过我要完全承认的。倘若有人骂我胡言乱道，我也只好引陶渊明的诗回答他说："此中有真味，欲辩已忘言！"

十三年仲冬脱稿于上虞白马湖畔

附二　悼夏孟刚

　　此稿曾载立达学园校刊，因为可以代表我对于自杀的意见，所以特载于此。

　　　　　　　　十七年二月孟实注

　　今晨接得慕陶和澄弟的信，但道夏孟刚已于四月十二日服衰化钾自杀了。近来常有人世凄凉之感，听了孟刚的噩耗，烦忧隐恸，益觉不能自禁。

　　我在吴淞中国公学时，孟刚在我所教的学生中品学最好，而我属望于他也最殷，他平时沉静寡言语，但偶有议论，语语都来自衷曲，而见解也非一般青年所能及。那时他很喜欢读托尔斯泰，他的思想，带有很深的托氏人生观的印痕。我有一个时期，也受过托尔斯泰的熏沐。我自惭性根浅薄，有些地方不能如孟刚之澈底深入；可是我们的心灵究竟有许多类似，所以一接触后，能交感共鸣。

中国公学阻于兵争以后，孟刚入浦东中学，我转徙苏浙，彼此还数相见。在这个时候，他介绍我认识了他的哥哥。他的父亲曾经在我的母校桐城中学当过教师。因此我们情感上更加一层温慰。江湾立达学园成立后，孟刚遂舍浦东来学江湾。我因亟于去国，正想寻机会同他作一次深谈，他突然间得了父病的消息，就匆匆别我返松江叶榭去了。

今年一月中，他来一封信，里面有这一段话：

> 您启程赴英的时候，我在家中不能听到"我去了"三字，至以为憾。我近来觉人生太无意味；我觉得世界上很少真正的同情者，——除去母性的外，也许绝无，——我觉得我是不可再活在世上和人类接触了；而尤其使我悲伤的就是我本来可以向他发发牢骚的哥哥已于暑假中死于北京，继而我的父亲也病没了。也许我过去的生活太偏于情感，——或太偏于理智。或者我的天性如此。我知道我请您教我，是无效果的，但是我又觉着不可不领领您的教。

附二 悼夏孟刚

我读过这封信为之悒然许久。我很疑虑我所属望最殷的孟刚或者于悲恸父兄之丧外,又不幸别触尘网。青年人大半都免不掉烦闷时期。但是我相信孟刚终当自能解脱。寄了一部歌德的《麦斯特游学记》给他读,希望他在这本书中能发见他所未曾见到的人生又一面。孟刚具有很强烈的感受伟大心灵之暗示的能力,我很希望他能私淑歌德抛开轻生的念头,替人类多造些光;哪里知道孟刚在写信给我的时候,就有自杀的决心,而那封信竟成绝笔!

孟刚自杀的近因,我不甚明了。但是就他的性格和遭际说,这次举动也不难解释。他不属于任何宗教,而宗教的情感则甚强烈。他对于世人的罪恶,感觉过于锐敏。托尔斯泰的影响本应该可以使他明了赦宥的美;可是他的性情耿介孤洁,不屑与世浮沉,只能得托氏之深的方面,未能得托氏之广的方面,其结果乃走于极端而生反动。孟刚固深于情者,慈爱的父兄既先后弃世,而友朋中能了解他心的深处者又甚寥寥。于此寥阔冷清的世界中,孟刚乃不幸又受命运之神最后的揶揄,而绝望于理想的爱。这些情境相凑合,孟刚遂恝然抛开垂暮的慈母而自杀了。

我不愿像柏拉图、叔本华一般人以伦理眼光抨击自杀。生的自由倘若受环境剥夺了,死的自由谁也不能否认的。人们在罪恶苦痛里过活，有许多只是苟且偷生，靦然不知耻。自杀是伟大意志之消极的表现。假如世界没有中国的屈原、希腊的塞诺（Zeno）、罗马的塞涅卡（Seneca）一类人的精神，其卑污顽劣，恐更不堪言状了。

人生是最繁复而诡秘的，悲字乐字都不足以概其全。愚者拙者混混沌沌地过去，反倒觉庸庸多厚福。具有湛思慧解的人总不免苦多乐少。悲观之极，总不出乎绝世绝我两路。自杀是绝世而兼绝我。但是自杀以外，绝非别无他路可走，最普通的是绝世而不绝我，这条路有两分支。一种人明知人世悲患多端而生命终归于尽，乃力图生前欢乐，以诙谐的眼光看游戏似的世事，这是以玩世为绝世的。此外也有些人既失望于人世欢乐之无常，而生老病死，头头是苦，于是遁入空门，为未来修行，这是以逃世为绝世的。苏曼殊的行迹大半还在一般人的记忆中。他是想逃世而终于止做到玩世的。玩世者与逃世者都只能绝世而不能绝我。不能绝世，便不能无赖于人。牵绊既未断尽，而人世忧患乃有时终不能不随之俱来。所以玩世与逃世，就人说，为不道德；就己说，为不彻底。衡量起来，还是自杀为直截了当。

自杀比较绝世而不绝我，固为澈底，然而较之绝我而不绝世，则又微有欠缺。什么叫做"绝我而不绝世"？就是流行语中所谓"舍己为群",不过这四字用滥了,因而埋没了真义。所谓"绝我",其精神类自杀,把涉及我的一切忧苦欢乐的观念一刀斩断。所谓"不绝世",其目的在改造,在革命,在把现在的世界换过面孔,使罪恶苦痛,无自而生。这世界是污浊极了,苦痛我也够受了。我自己姑且不算吧,但是我自己堕入苦海了。我决不忍眼睁睁地看别人也跟我下水。我决计要努力把这个环境弄得完美些,使后我而来的人们免得再尝受我现在所尝受的苦痛,我自己不幸而为奴隶,我所以不惜粉身碎骨,努力打破这个奴隶制度,为他人争自由,这就是绝我而不绝世的态度。持这个态度最显明的要算释迦牟尼,他一身都是"以出世的精神,做入世的事业"。佛教到了末流,只能绝世而不能绝我,与释迦所走的路恰相背驰,这是释迦始料不及的。古今许多哲人、宗教家、革命家,如墨子,如耶稣,如甘地,都是从绝我出发到淑世的路上的。

假如孟刚也努力"以出世的精神,做入世的事业",他应该能打破几重使他苦痛而将来又要使他人苦痛的孽障。

但是,孟刚死了,幽明永隔,这番话又向谁告诉呢!

一九二六,五月十八日夜半于爱丁堡

附三　朱光潜给朱光潜

——为《给青年的十三封信》

光潜先生：

今天接到上海的朋友寄来一部书，打开来一看，使我吃了一惊。封面上题的是"致青年"，"朱光潸著"。旁边又附注"给青年的十三封信"字样。我第一眼把大名中的"潸"字看成"潜"字。我不知道是因为幻觉还是因为虚荣，不假思索地就把你的大著误认为我自己的了，这得请你原谅。第一，"朱光潸"和"朱光潜"在字面上实在太相像了。第二，叫做"朱光潜"的我也曾写过一部小册子叫做《给青年的十二封信》，而且我的《谈美》也被书店在封面上附注过"给青年的第十三封信"字样。第三，你的大著和我的拙作的封面图案也大致相同,也是在一些直线中间嵌了一些星星。你想,这也难怪我错认,而且错认的也不只我一个人。寄大著给我看的那位朋友原先也把你看作我。他在信上说,"在书摊上来回翻这书,越看越不像你写的,所以买了来给你看",下面他还说了一句失敬的话,我不援引罢。你看,他在书摊上"来回"翻这书,"越看"才发觉"越不像你写的"。他是知道我的人,不知道我的人们不容易发觉你的大著不是我写的,恐怕更可原谅吧?

光潜先生,我不认识你,但是你的面貌、言动、姿态、性格等等,为了以上所说的一点偶然的因缘,引动了我的很大的好奇心。我心里现在想象揣摩你像什么样的一个人。许多事都是不戳穿的好,所以我希望你在我心里永远保存这一点含有问题的神秘性。但是我也想把心里想说的话说给你听。不认识你而写信给你,似乎有些唐突。请你记得我是你的一个读者。如果这个资格不够,那只得怪你姓朱名光潜,而又写《给青年的十三封信》了!

头一层,我应该向你忏悔。我在写《给青年的十二封信》时,自己还是一个青年。那时候我的朋友夏丏尊先生办了一个给中学生看的刊物,叫做《一般》,要我写一点稿子,我就把随时感触到的随时写成书信寄给他，里面固然有些是以中学生为对象而写的，但是大部分是私人切身的感想。我从头到尾都是看着自己的心去写，绝对没有"教训"人的念头，更谈不上想到借这些处女作去出锋头或是赚稿费。我根本不相信任何人可以自居"先进者"的地位去"教导"青年，而且能够把青年"教导"得好。就我自己的经验说，我在青年时代最得益的并不是师长的义正辞严的教训，而是像我一般的年青的朋友们对于他们自己的内心冲突、挣扎、怀疑、信仰所下的忠实的剖白。这种剖白引起我的同情、印证、感动和回思。我不断地受这种心灵的激动，也就不断地获到心灵的发展。从此我深深地感觉到卢梭在《爱弥儿》里说的导师和生徒的年龄应相仿佛的话，含有极大的智慧。自己是青年，才能够真正地和青年做朋友，才能彼此都觉得是一伙子的人，不论是甜的苦的，大家都可以互相契合，互相同情，这样才能彼此互相观摩激发。我现在看到自己从前写的《给青年的十二封信》，心里实在惭愧。我想每个成年人回想到他在童年时代的稚气和愚騃，都不免有些惭愧。但是我的那部小册子也正因为那一点坦坦白白地流露出来的稚气和愚騃，博得一般青年的爱好。我本来是他们中间的一个人，我的忧愁、我的喜悦也都是他们的忧愁和他们的喜悦,我"吐肚子"向他们谈心事,他们觉得和我同情同感。这对于他们有益还是有害,我和他们都不十分较量到。我对于青年的关系原来不过如此。后来那部小册子流行很广,我便以《给青年的十二封信》的作者的资格,被好些本不相识的人们认识了。到现在和新朋友们见面,还常被人用这个头衔来介绍我。他们甚至于用什么"教导青年"的字样来夸奖我。我有时为这件事不但觉得羞愧,也很觉得愤慨。我本来厌恶"教导青年"的话头,现在居然被人以"教导青年"的字样安在我的头上,这就是坦白地流露稚气和愚骏的报酬或惩罚么?

  光潜先生,你不防这前车之鉴,别的不说,你就不怕"蹈覆辙"的危险吗?你的大著,我因为时间匆忙,并没有从头到尾的细读,只约略地这里翻一点那里翻一点看了一看。我也稍微有一点感想。第一层,我钦佩你的坦白。你自称"少年文人","先进者","对于文学的嗜欲最少已有十年的历史","尝遍了多少苦痛,碰着了多少钉子",你援引"政治部、军队里的革命青年,大半是爱好文学的"一件事例做断定"说什么献身于文学的人都是柔弱而无可为的人,尤其是荒谬极点"的"铁证",你承认——这里我抄你一段话,以免断章取义之嫌。

> 我观得现在一般青年的确有些"发表狂"！……大多的青年只怪为什么登起来的文章总是那几个名人做的，自己的为什么不给登载出，他没有计及人家的作品怎样的，自己的作品又是怎样，这是现代一般爱好文学的青年的病态的心理，我深深地感到自己常有这种病态心理。还可武断地说你也未始没有这种心理的。这种心理的终点，养成功想"出风头"，"要稿费"，没有心思和勇气去探讨文学了，这是何等的危险啊！

我觉得你这番话都是对的。其次，我钦佩你的自信。你劝人说，"当我们自己的作品还未达十分健全之前，还是以不发表的为妙"。现在你发表的当然是"十分健全"了。你"认为自己只受了不大高深的教育，尚能写一二篇不十分不通的文章，根柢还是基于几个重要的转变的读书过程"。先生，你写这几句话的时候，曾经较量一番没有？你给青年的教训有许多很有趣味，最难得的是走到难关，你轻轻地就溜过去了。姑举三例如下：

> 青年的恋爱是需要的，但倘使是太"迫切"了，太

"急"了，便要生出烦闷来，这便是自讨苦吃了。

读书要有兴趣。读书时以为这是强迫做的工作，那就糟了。兴趣是第一要事，如读最索然无味的数学哲学等，亦要当它是有趣之事。

要想作文的人，突然文兴勃发，极要写出一点东西，但一提着笔，却又半个字都写不出，只得闷闷地坐下。……大胆的说一句，每个青年作家，当开始要作文的时候，总要尝到这种苦闷，于是作文的方法，便应了需要而风起云涌的起来了。

如此等类的口吻在大著中每篇都可以看见。你在给"芬"的信里劈头一句是：

第一封信刚刚发出，第二封信又接踵的来了。因为我知道你接到第一封信时，一定会感觉到我的说话不错。

收尾一句是：

帘外雨潺潺，春意阑珊，我很想你呢！芬。

我看到这些地方时，第一个冲动是想说一句"挖苦话"，但是我缺乏"幽默风趣"，这一点冲动立刻就被一阵"世道人心之忧"压倒了。先生在第一封"致少年文人"的信里说：

如果欲以"文学"为灿烂的头衔，或要以"文学"去换饭吃，便成了严重的病态。

这种"严重的病态"，先生也许不得不承认，在现在中国文坛似乎已经很流行了。怎么办呢？我本也想对于这种"严重的病态"发一点议论，继而想起这事也非"口舌之争"所可了事，所以把笔放下，虽然心里还有些怅惘，不能把这事轻轻地放下。

几乎和你同姓名的朋友 朱光潜。

四月三日，北平

（载一九三六年四月十六日《申报》）

代跋 "再说一句话"

朋友：

薰宇兄来信说他们有意把十二封信印成单行本，我把原稿复看一遍，想起冠在目录前页的勃朗宁写完五十个《男与女》时在《再说一句话》中所说的那一个名句。

拿这本小册子和《男与女》并提，还不如拿蚂蚁所负的一粒谷与骆驼所负的千斤重载并提。但是一粒谷虽比千斤重载差得远，而蚂蚁负一粒谷却也和骆驼负千斤重载，同样卖力气。所以就蚂蚁的能力说，他所负的一粒谷其价值也无殊于骆驼所负的千斤重载。假如这个比拟可以作野人献曝的借口，让我渎袭勃朗宁的名句，将这本小册子奉献给你吧。

"我的心寄托在什么地方,让我的脑也就寄托在那里。"这句话对于我还另有一个意义。我们原始的祖宗们都以为思想是要用心的。"心之官则思",所以"思"和"想"字都从"心"。西方人从前也是这样想,所以他们尝说:"我的心告诉我如此如此。"据说近来心理学发达,人们思想不用心而用脑了。心只是管血液循环的。据威廉·詹姆斯派心理学家说,感情就是血液循环的和内脏移迁的结果。那么,心与其说是运思的不如说是生情的。科学家之说如此。

从前有一位授我《说文解字》的姚明晖老夫子要沟通中西,说思想要用脑,中国人早就知道了。据他说,思想的"思"字上部分的篆文并不是"田"字,实在是象脑形的。他还用了许多考据,可惜我这不成器的学生早把他丢在九霄云外了。国学家之说如此。

说来也很奇怪。我写这几篇小文字时,用心理学家所谓内省方法,考究思想到底是用心还是用脑,发见思想这件东西与其说是由脑里来的,还不如说是由心里来的,较为精当(至少在我是如此)。我所要说的话,都是由体验我自己的生活,先感到(feel)而后想到(think)的。换句话说,我的理都是由我的情产生出来的,我的思想是从心出发而后再经过脑加以整理的。

　　这番闲话用意不在夸奖我自己"用心"思想,也不在推翻科学家思想用脑之说,尤其不在和杜亚泉先生辩"情与理"。我承认人生有若干喜剧才行,所以把这种痴人的梦想随便说出博诸君一粲。

光潜。

再致青年

TO THE YOUNG AGAIN

谈理想的青年

——回答一位青年朋友的询问

朋友：

你问我一个青年应该悬什么样一个标准，做努力进修的根据。我觉得这问题很难笼统地回答，因为人与人在环境、资禀、兴趣各方面都不相同，我们不能定一个刻板公式来适用于每个事例。不过无论一个人将来干哪一种事业，我以为他都需要四个条件。

头一项是运动选手的体格。我把这一项摆在第一，因为它是其他各种条件的基础。我们民族对于体格向来不很注意。无论男女，大家都爱亭亭玉立、弱不禁风那样的文雅。尤其在知识阶级，黄皮刮瘦，弯腰驼背，几乎是一种公同的标帜。说一个人是"纠纠武夫",就等于骂了他。我们都以"精神文明"自豪,只要"精神"高贵,肉体值得什么?这种错误的观念流毒了许多年代,到现在我们还在受果报。我们在许多方面都不如人,原因并不在我们的智力低劣。就智力说,我们比得上世界上任何民族。我们所以不如人者,全在旁人到六七十岁还能奋发有为,而我们到了四十岁左右就逐渐衰朽;旁人可以有时间让他们的学问事业成熟,而我们往往被逼迫中途而废;旁人能作最后五分钟的奋斗,我们处处显得是虎头蛇尾。一个身体羸弱的人不能是一个快活的人,你害点小病就知道;也不能是一个心地慈祥的人,你偶尔头痛牙痛或是大便不通,旁人的言动笑貌分外显得讨厌。如果你相信身体羸弱不妨碍你做一个有道德的人,援甘地为例,那我就要问你:世间数得出几个甘地?而且甘地是否真像你们想象的那样羸弱?一切道德行为都由意志力出发。意志的"力"固然起于知识与信仰,似乎也有几分像水力电力蒸汽力,还是物质的动作发生出来的。这就是说,它和体力不是完全无关。世间意志力最薄弱的人怕要算鸦片烟鬼,你看过几个烟鬼身体壮健?你看过几个烟鬼不时常在打坏主意?意志力薄弱的人都懒,懒是万恶之源。就积极方面说,懒人没有勇气,应该奋斗时不能奋斗,遇事苟且敷衍，做不出好事来。就消极方面说，懒人一味朝抵抗力最低的路径走，经不起恶势力的引诱，惯欢喜做坏事。懒大半由于体质弱，燃料不够，所以马达不能开满。"健全精神宿于健全身体。"身体不健全而希望精神健全，那是希望奇迹。

其次是科学家的头脑。生活时时刻刻要应付环境，环境有应付的必要，就显得它有困难有问题。所以过生活就是解决环境困难所给的问题，做学问如此，做事业如此，立身处世也还是如此。一切问题的解决方法都须遵照一个原则，在紊乱的事实中找出一些条理秩序来。这些条理秩序就是产生答案的线索，好比侦探一个案件。你第一步必须搜集有关的事实，没有事实做根据，你无从破案，有事实而你不知怎样分析比较，你还是不一定能破案。会尊重事实，会搜集事实，会见出事实中间的关系，这就是科学家的本领。要得到这本领，你必须冷静、客观、虚心、谨慎，不动意气，不持成见，不因个人利害打算而歪曲真理。合理的世界才是完美的世界，世界所以有许多不合理的地方，就因为大部分人没有科学的头脑，见理不透。比如说，社会上许多贪污枉法的事，做这种事的人都有一个自私的动机，以为损害了社会，自己可以占便宜。其实社会弄得不稳定了，个人绝不能享安乐。所以这种自私的人还是见理不透，没有把算盘打清楚。要社会一切合理化，要人生合理化，必须人人都明理，都能以科学的头脑去应付人生的困难。单就个人来说，一个头脑糊涂的人能在学问或事业上有伟大的成就，我是没有遇见过。

第三是宗教家的热忱。"过于聪明"的人（当然实在还是聪明不够）有时看空了一切，以为是非善恶悲喜成败反正都不过是那么一回事。让它去，干我什么？他们说："安邦治国平天下，自有周公孔圣人。"人人都希望旁人做周公孔圣人，于是安邦治国平天下就永远是一场幻梦。宗教家大半盛于社会紊乱的时代，他们看到人类罪孽痛苦，心中起极大的悲悯，于是发下志愿，要把人类从水深火热中拯救出来，虽然牺牲了自己，也在所不惜。孔子说："鸟兽不可与同群，吾非斯人之徒与而谁与？天下有道，丘不与易也。"释迦说："我不入地狱，谁入地狱？"这都是宗教家的伟大抱负。他们不但发愿，而且肯拼命去做。耶稣的生平是极好的例证，他为着要宣传他的福音，不惜抛开身家妻子，和犹太旧教搏斗，和罗马帝国搏斗，和人世所难堪的许多艰难困苦搏斗，而终之以一死，终于以一个平民的力量掉翻了天下。古往今来许多成大事业者虽不必都是宗教家，却大半有宗教家的热忱。他们见得一件事应该做，就去

做，就去做到底，以坚忍卓绝的精神战胜一切困难，百折不回。我们现在所处的是一个紊乱时代，积重难返，一般人都持鱼游釜中或是鸵鸟把眼睛埋在沙里不去看猎户的态度，苟求一日之安，这时候非有一种极大的力量不能把这局面翻转过来。没有人肯出这种力量，或是能出这力量，除非他有宗教家的慈悲心肠和宗教家的舍己为人奋斗到底的决心毅力。

最后是艺术家的胸襟。自然节奏有起有伏，有张有弛，伏与弛不单是为休息，也不单是为破除单调，而是为精力的生养储蓄。科学易流于冷酷干枯，宗教易流于过分刻苦，它们都需要艺术的调剂。艺术是欣赏，在人生世相中抓住新鲜有趣的一面而流连玩索；艺术也是创造，根据而又超出现实世界，刻绘许多可能的意象世界出来，以供流连玩索。有艺术家的胸襟，才能彻底认识人生的价值，有丰富的精神生活，随处可以吸收深厚的生命力。我们一般人常困于饮食男女功名利禄的营求，心地常是昏浊，不能清明澈照；一个欲望满足了，另一个欲望又来，常是在不满足的状态中，常被不满足驱遣作无尽期的奴隶。名为一个人，实在是一个被动的机械，处处受环境支配，作不得自家的主宰。在被驱遣流转中，我们常是仓皇忙迫，尝无片刻闲暇，来凭高看一看世界，或是回头看一看自己；不消说得，世界对于我们是呆板的，自己对于我们也是空虚的。试问这种人活着有什么意味？能成就什么学问事业？所谓艺术家的胸襟就是在有限世界中做自由人的本领；有了这副本领，我们才能在急忙流转中偶尔驻足作一番静观默索，作一番反省回味，朝外可以看出世相的庄严，朝内可以看出人心的伟大。并且不仅看，我们还能创造出许多庄严的世相，伟大的人心。在创造时，我们依然是上帝，所以创造的快慰是人生最大的快慰。创造的动机是要求完美，迫令事实赶上理想；我们要把现实人生、现实世界改造得比较完美，也还是起于艺术的动机。

如果一个人具备这四大条件，他就不愧为完人了。我并不认为他是超人，因为体育选手、科学家、宗教家、艺术家，都不是神话中的人物，而是世间有血有肉的真实人物。以往有许多人争取过这些名号的。人家既然可以做得到，我就没有理由做不到。我们不能妄自菲薄，自暴自弃。

（载《青年杂志》第一卷第三期，一九四三年八月）

谈立志

抗战以前与抗战以来的青年心理有一个很显然的分别：抗战以前，普通青年的心理变态是烦闷；抗战以来，普通青年的心理变态是消沉。烦闷大半起于理想与事实的冲突。在抗战以前，青年对于自己前途有一个理想，要有一个很好的环境求学，再有一个很好的职业做事；对于国家、民族也有一个理想，要把侵略的外力打倒，建设一个新的社会秩序。这两种理想在当时都似很不容易实现，于是他们急躁不耐烦，失望，以至于苦闷。抗战发生时，我们民族毅然决然地拼全副力量来抵挡侵略的敌人，青年们都兴奋了一阵，积压许久的郁闷为之一畅。但是这种兴奋到现在似已逐渐冷静下去，国家、民族的前途比从前光明，个人求学、就业也比从前容易，虽然大家都硬着脖子在吃苦，可是振作的精神似乎很缺乏。在学校的学生们对功课很敷衍，出了学校就业的人们对事业也很敷衍，对于国家大事和世界政局没有像从前那样关切，这是一个很可忧虑的现象。因为横在我们面前的还有比抗敌更艰难的局面，需要更坚决、更沉着的努力来应付，而我们青年现在所表现的精神显然不足以应付这种艰难的局面。

如果换个方式来说，从前的青年人病在志气太大；目前的青年人病在志气太小，甚至于无志气。志气太大，理想过高，事实迎不上头来，结果自然是失望烦闷；志气太小，因循苟且，麻木消沉，结果就必至于堕落。所以我们宁愿青年烦闷，不愿青年消沉。烦闷至少是对于现实的欠缺还有敏感，还可以激起努力；消沉对于现实的欠缺就根本麻木不仁，决不会引起改善的企图。但是说到究竟，烦闷之于消沉也不过是此胜于彼，烦闷的结果往往是消沉，犹如消沉的结果往往是堕落。目前青年的消沉与前五六年青年的烦闷似不无关系。烦闷是耗费心力的，心力耗费完了，连烦闷也不曾有，那便是消沉。

一个人不会生下来就烦闷或消沉的。因为人都有生气，而生气需要发扬，需要活动。有生气而不能发扬，或是活动遇到阻碍，才会烦闷或消沉。烦闷是感觉到困难，消沉是无力征服困难而自甘失败。这两种心理病态都是挫折以后的反应。一个人如果经得起挫折，就不会起这种心理变态。所谓经不起挫折，就是没有决心和勇气，就是意志薄弱。意志薄弱经不起挫折的人往往有一套自宽自解的话，就是把所有的过错都推诿到环境。明明是自己无能，而埋怨环境不允许我显本领，明明是自己甘心做坏人，而埋怨环境不允许我做好人。这其实是懦夫的心理，对于自己全不肯负责任。环境永远不会美满的，万一它生来就美满，人的成就也就无甚价值。人所以可贵，就在他不像猪豚，被饲而肥，他能够不安于污浊的环境，拿力量来改变它，征服它。

普通人的毛病在责人太严，责己太宽。埋怨环境还由于缺乏自省自责的习惯。自己的责任必须自己担当起，成功是我的成功，失败也是我的失败。每个人是他自己的造化主，环境不足畏，犹如命运不足信。我们的民族需要自力更生，我们每个人也是如此。我们的青年必须先有这种觉悟，个人和国家民族的前途才有希望。能责备自己，信赖自己，然后自己才会打出一个江山来。

我们有一句老话："有志者事竟成。"这话说得很好，古今中外在任何方面经过艰苦奋斗而成功的英雄豪杰都可以做例证。志之成就是理想的实现。人为的事实都必基于理想，没有理想决不能成为人为的事实。譬如登山，先须存念头去登，然后一步一步地走上去，最后才会到达目的地。如果根本不起登的念头，登的事实自无从发生。这是浅例。世间许多行尸走肉浪费了他们的生命，就因为他们对于自己应该做的事不起念头。许多以教育为事业的人根本不起念头去研究，许多以政治为事业的人根本不起念头为国民谋幸福。我们的文化落后，社会紊乱，不就由于这个极简单的原因么？这就是上文所谓"消沉"，"无志气"。"有志者事竟成"，无志者事就不成。

不过"有志者事竟成"一句话也很容易发生误解，"志"字有几种意义：一是念头或愿望（wish），一是起一个动作时所存的目的（purpose），一是达到目的的决心（will, determination）。譬如登山，先起登的念头，其次要一步一步地走，而这走必步步以登为目的，路也许长，障碍也许多，须抱定决心，不达目的不止，然后登的愿望才可以实现，登的目的才可以达到。"有志者事竟成"的"志"，须包含这三种意义在内：第一要起念头，其次要认清目的和达到目的之方法，第三是抱必达目的之决心。很显然地，要事之成，其难不在起念头，而在目的之认识与达到目的之决心。

有些人误解立志只是起念头。一个小孩子说他将来要做大总统，一个乞丐说他成了大阔佬要砍他仇人的脑袋，所谓"癫蛤蟆想吃天鹅肉"，完全不思量达到这种目的所必有的方法或步骤，更不抱定循这方法步骤去达到目的之决心，这只是狂妄，不能算是立志。世间有许多人不肯学乘除加减而想将来做算学的发明家，不学军事学当兵打仗而想将来做大元帅东征西讨，不切实培养学问技术而想将来做革命家改造社会，都是犯这种狂妄的毛病。

如果以起念头为立志，则有志者事竟不成之例甚多。愚公尽可移山，精卫尽可填海，而世间却实有不可能的事情。我们必须承认"不可能"的真实性。所谓"不可能"，就是俗语所谓"没有办法"，没有一个方法和步骤去达到所悬想的目的。没有认清方法和步骤而想达到那个目的，那只是痴想而不是立志，志就是理想，而理想的理想必定是可实现的理想。理想普通有两种意义，一是"可望而不可攀，可幻想而不可实现的完美"，比如许多宗教都以长生不老为人生理想，它成为理想，就因为事实上没有人长生不老。理想的另一意义是"一个问题的最完美的答案"，或是"可能范围以内的最圆满的解决困难的办法"。比如长生不老虽非人力所能达到，而强健却是人力所能达到的。就人的能力范围来说，强健是一个合理的理想。这两种意义的分别在一个蔑视事实条件，一个顾到事实条件；一个渺茫无稽，一个有方法步骤可循。严格地说，前一种是幻想痴想而不是理想，是理想都必顾到事实。在理想与事实起冲突时，错处不在事实而在理想。我们必须接受事实，理想与事实背驰时，我们应该改变理想。坚持一种不合理的理想而至死不变只是匹夫之勇，只是"猪武"。我特别看重这一点，因为有些道德家在盲目地说坚持理想，许多人在盲目地听。

我们固然要立志，同时也要度德量力。卢梭在他的教育名著《爱弥儿》里有一段很透彻的话，大意是说人生幸福起于愿望与能力的平衡。一个人应该从幼时就学会在自己能力范围以内起愿望，想做自己所能做的事，也能做自己所想做的事。这番话出诸浪漫色彩很深的卢梭尤其值得我们玩味。卢梭自己有时想入非非，因此吃过不少的苦头，这番话实在是经验之谈。许多烦闷，许多失败，都起于想做自己所不能做的事，或是不能做自己所想做的事。

志气成就了许多人，志气也毁坏了许多人。既是志，实现必不在目前而在将来。许多人拿立志远大做借口，把目前应做的事延宕贻误。尤其是青年们欢喜在遥远的未来摆一个黄金时代，把希望全寄托在那上面，终日沉醉在迷梦里，让目前宝贵的时光与机会错过，徒贻后日无穷之悔。我自己从前有机会学希腊文和意大利文时，没有下手，买了许多文法读本，心想到四十岁左右时当有闲暇岁月，许我从容自在地自修这些重要的文字，现在四十过了几年了，看来这一生似不能与希腊文和意大利文有缘分了，那箱书籍也恐怕只有摆在那里霉烂了。这只是一例，我生平有许多事叫我追悔，大半都像这样"志在将来"而转眼即空空过去。"延"与"误"永是连在一起，而所谓"志"往往叫我们由"延"而"误"。所谓真正立志，不仅要接受现在的事实，尤其要抓住现在的机会。如果立志要做一件事，那件事的成功尽管在很远的将来，而那件事的发动必须就在目前一顷刻。想到应该做，马上就做，不然，就不必发下一个空头愿。发空头愿成了一个习惯，一个人就会永远在幻想中过活，成就不了任何事业，听说抽鸦片烟的人想头最多，意志力也最薄弱。老是在幻想中过活的人在精神方面颇类似烟鬼。

我在很早的一篇文章里提出我个人做人的信条，现在想起，觉得其中仍有可取之处，现在不妨趁此再提出供读者参考。我把我的信条叫做"三此主义"，就是此身、此时、此地：第一，此身应该做而且能够做的事，就得由此身担当起，不推诿给旁人；第二，此时应该做而且能够做的事，就得在此时做，不拖延到未来；第三，此地（我的地位、我的环境）应该做而且能够做的事，就得在此地做，不推诿到想象中的另一地位去做。

这是一个极现实的主义。本分人做本分事，脚踏实地，丝毫不带一点浪漫情调。我相信如果我们能够彻底地照着做，不至于很误事。西谚说得好："手中的一只鸟，值得林中的两只鸟。"许多"有大志"者往往为着觊觎林中的两只鸟，让手中的一只鸟安然逃脱。

谈恻隐之心

罗素在《中国问题》里讨论我们民族的性格，指出三个弱点：贪污、怯懦和残忍。他把残忍放在第一位，所说的话最足令人深省："中国人的残忍不免打动每一个盎格鲁撒克逊人。人道的动机使我们尽一分力量来减除其余九十九分力量所做的过恶，这是他们所没有的。……我在中国时，成千成万的人在饥荒中待毙，人们为着几块钱出卖儿女，卖不出就弄死。白种人很尽了些力去赈荒，而中国人自己出的力却很少，连那很少的还是被贪污吞没。……如果一只狗被汽车压倒致重伤，过路人十个就有九个站下来笑那可怜的畜牲的哀号。一个普通中国人不会对受苦受难起同情的悲痛，实在他还觉得它是一个颇愉快的景象。他们的历史和他们的辛亥革命前的刑律可见出他们免不掉故意虐害的冲动。"

我第一次看《中国问题》还在十几年以前，那时看到这段话心里甚不舒服；现在为大学生选英文读品，把这段话再看了一遍，心里仍是甚不舒服。我虽不是狭义的国家主义者，也觉得心里一点民族自尊心遭受打击，尤其使我怀惭的是没有办法来辩驳这段话。我们固然可以反诘罗素说："他们西方人究竟好得几多呢？"可是他似乎预料到这一着，在上一段话终结时，他补充了一句："话须得说清楚，故意虐害的事情各大国都在所不免，只是它到了什么程度被我们的伪善隐瞒起来了。"他言下似有怪我们竟明目张胆地施行虐害的意味。

罗素的这番话引起我的不安，也引起我由中国民族性的弱点想到普遍人性的弱点。残酷的倾向，似乎不是某一民族所特有的，它是像盲肠一样由原始时代遗留下来的劣根性，还没有被文化洗刷净尽。小孩们大半欢喜虐害昆虫和其他小动物，踏死一堆蚂蚁，满不在意。用生人做陪葬者或是祭典中的牺牲，似不仅限于野蛮民族。罗马人让人和兽相斗相杀，西班牙人让牛和牛相斗相杀，作为一种娱乐来看。中世纪审判异教徒所用的酷刑无奇不有。在战争中人们对于屠杀尤其狂热，杀死几百万生灵如同踏死一堆蚂蚁一样平常，报纸上轻描淡写地记一笔，造成这屠杀记录者且热烈地庆祝一场。就在和平时期，报纸上杀人、起火、翻船、离婚之类不幸的消息也给许多观众以极大的快慰。一位西方作家说过："揭开文明人的表皮，在里皮里你会发现野蛮人。"据说大哲学家斯宾诺莎的得意的消遣是捉蚊蝇摆在蛛网上看他们被吞食。近代心理学家研究变态心理所表现的种种奇怪的虐害动机如"撒地主义"（sadism），尤足令人毛骨悚然。这类事实引起一部分哲学家，如中国的荀子和英国的霍布斯，推演出"性恶"这一结论。

有些学者对于幸灾乐祸的心理，不以性恶为最终解释而另求原因。最早的学说是自觉安全说。拉丁诗人卢克莱修说："狂风在起波浪时，站在岸上看别人在苦难中挣扎，是一件愉快的事。"这就是中国成语中的"隔岸观火"。卢克莱修以为使我们愉快的并非看见别人的灾祸，而是庆幸自己的安全。霍布斯的学说也很类似。他以为别人痛苦而自己安全，就足见自己比别人高一层，心中有一种光荣之感。苏格兰派哲学家如倍恩（Bain）之流以为幸灾乐祸的心理基于权力欲。能给苦痛让别人受，就足显出自己的权力。这几种学说都有一个共同点，就是都假定幸灾乐祸时有一种人我比较，比较之后见出我比人安全，比别人高一层，比别人有权力，所以高兴。

这种比较也许是有的，但是比较的结果也可以发生与幸灾乐祸相反的念头。比如我们在岸上看翻船，也可以忘却自己处在较幸运的地位，而假想到自己在船上碰着那些危险的境遇，心中是如何惶恐、焦急、绝望、悲痛。将己心比人心，人的痛苦就变成自己的痛苦。痛苦的程度也许随人而异，而心中总不免有一点不安，一点感动和一点援助的动机。有生之物都有一种同类情感。对于生命都想留恋和维护，凡遇到危害生命的事情都不免恻然感动，无论那生命是否属于自己。生命是整个的有机体，我们每个人是其中一肢一节，这一肢的痛痒引起那一肢的痛痒。这种痛痒相关是极原始的，自然的，普遍的。父母遇着儿女的苦痛，仿佛自身在苦痛。同类相感，不必都如此深切，却都可由此类推。这种同类的痛痒相关就是普通所谓"同情"，孟子所谓"恻隐之心"。孟子所用的比譬极亲切："今人乍见孺子将入于井，皆有怵惕恻隐之心。"他接着推求原因说："非所以内交于孺子之父母也，非所以要誉于乡党朋友也，非恶其声而然也。"他没有指出正面的原因，但是下结论说："由是观之，无恻隐之心非人也。"他的意思是说恻隐之心并非起于自私的动机，人有恻隐之心只因为人是人，它是组成人性的基本要素。

从此可知遇着旁人受苦难时，心中或是发生幸灾乐祸的心理，或是发生恻隐之心，全在一念之差。一念向此，或一念向彼，都很自然，但在动念的关头，差以毫厘便谬以千里。念头转向幸灾乐祸的一方面去，充类至尽，便欺诈凌虐，屠杀吞并，刀下不留情，睁眼看旁人受苦不伸手援助，甚至落井下石，这样一来，世界便变成冤气弥漫，黑暗无人道的场所；念头转向恻隐一方面去，充类至尽，则四海兄弟，一视同仁，守望相助，疾病相扶持，老有所养，幼有所归，鳏寡孤独者亦可各得其所，这样一来，世界变成一团和气，其乐融融的场所。野蛮与文化，恶与善，祸与福，死灭与生存的歧路全在这一转念上面，所以这一转念是不能苟且的。

这一转念关系如许重大，而转好转坏又全系在一个刀锋似的关头上，好转与坏转又同样地自然而容易，所以古今中外大思想家和大宗教家，都紧握住这个关头。各派伦理思想尽管在侧轻侧重上有差别，各派宗教尽管在信条仪式上互相悬殊，都着重一个基本德行。孔孟所谓"仁"，释氏所谓"慈悲"，耶稣所谓"爱"，都全从人类固有的一点恻隐之心出发。他们都看出在临到同类受苦受难的关头上，一着走错，全盘皆输，丢开那一点恻隐之心不去培养，一切道德都无基础，人类社会无法维持，而人也就丧失其所以为人的本性。这是人类智慧的一个极平凡而亦极伟大的发现，一切伦理思想，一切宗教，都基于这点发现。这也就是说，恻隐之心是人类文化的泉源。

如果幸灾乐祸的心理起于人我的比较，恻隐之心更是如此，虽然这种比较不必尽浮到意识里面来。儒家所谓"推己及物"，"举斯心加诸彼"，"己所不欲，勿施于人"，都是指这种比较。所以"仁"与"恕"是一贯的，不能"恕"决不能"仁"。"恕"须假定知己知彼，假定对于人性的了解。小孩虐待弱小动物，说他们残酷，不如说他们无知，他们根本没有动物能痛苦的观念。许多成人残酷，也大半由于感觉迟钝，想象平凡，心眼窄所以心肠硬。这固然要归咎于天性凉薄，风俗习惯的濡染和教育的熏陶也有关系。函人惟恐伤人，矢人惟恐不伤人，职业习惯的影响于此可见。希腊盛行奴隶制度，大哲学家如柏拉图、亚里士多德都不以为非；在战争的狂热中，耶稣教徒祷祝上帝歼灭同奉耶教的敌国，风气的影响于此可见。善人为邦百年，才可以胜残去杀，习惯与风俗既成，要很大的教育力量，才可挽回转来。在近代生活竞争剧烈，战争为解决纠纷要径，而道德与宗教的势力日就衰颓的情况之下，恻隐之心被摧残比被培养的机会较多。人们如果不反省痛改，人类前途将日趋于黑暗，这是一个极可危惧的现象。

凡是事实，无论它如何不合理，往往都有一套理论替它辩护。有战争屠杀就有辩护战争屠杀的哲学。恻隐之心本是人道基本，在事实上摧残它的人固然很多，在理论上攻击它的人亦复不少。柏拉图在《理想国》里攻击戏剧，就因为它能引起哀怜的情绪，他以为对人起哀怜，就会对自己起哀怜，对自己起哀怜，就是缺乏丈夫气，容易流于怯懦和感伤。近代德国一派唯我主义的哲学家如施蒂纳（Stirner）、尼采之流，更明目张胆地主张人应尽量扩张权力欲，专为自己不为旁人，恻隐仁慈只是弱者的德操。弱者应该灭亡，而且我们应促成他们灭亡。尼采痛恨无政府主义者和耶稣教徒，说他们都迷信恻隐仁慈，力求妨碍个人的进展。这种超人主义酿成近代德国的武力主义。在崇拜武力侵略者的心目中，恻隐之心只是妇人之仁，有了它心肠就会软弱，对弱者与不康健者（兼指物质的与精神的）持姑息态度，做不出英雄事业来。哲学上的超人主义在科学上的进化主义又得一个有力的助手。在达尔文一派生物学家看，这世界只是一个生存竞争的战场，优胜劣败，弱肉强食，就是这战场中的公理。这种物竞说充类至尽，自然也就不能容许恻隐之心的存在。因为生存需要斗争，而斗争即须拼到你死我活，能够叫旁人死而自己活着的就是"最适者"。老弱孤寡疲癃残疾以及其他一切灾祸的牺牲者照理应归淘汰。向他们表示同情，援助他们，便是让最不适者生存，违反自然的铁律。

恻隐之心还另有一点引起许多人的怀疑。它的最高度的发展是悲天悯人，对象不仅是某人某物，而是全体有生之伦。生命中苦痛多于快乐，罪恶多于善行，祸多于福，事实常追不上理想。这是事实，而这事实在一般敏感者的心中所生的反响是根本对于人生的悲悯。悲悯理应引起救济的动机，而事实上人力不尽能战胜自然，已成的可悲悯的局面不易一手推翻，于是悲悯者变成悲剧中的主角，于失败之余，往往被逼向两种不甚康健的路上去，一是感伤愤慨，遗世绝俗，如屈原一派人；一是看空一切，徒做未来世界或另一世界的幻梦，如一般厌世出家的和尚。这两种倾向有时自然可以合流。近代许多文学作品可以见出这些倾向。比如哈代（T. Hardy）的小说，豪斯曼（A. E. Housman）的诗，都带着极深的哀怜情绪，同时也带着极浓的悲观色彩。许多人不满意于恻隐之心，也许因为它有时发生这种不康健的影响。

恻隐之心有时使人软弱怯懦，也有时使人悲观厌世。这或许都是事实。但是恻隐之心并没有产生怯懦和悲观的必然性。

波斯大帝泽尔士（Xerxes）率百万大军西征希腊，站在桥头望台上看他的军队走过赫勒斯滂海峡，回头向他的叔父说："想到人寿短促，百年之后，这大军之中没有一个人还活着，我心里突然感到一阵怜悯。"但是这一阵怜悯并没有打消他征服希腊的雄图。屠格涅夫在一首散文诗里写一只老麻雀牺牲性命去从猎犬口里救落巢的雏鸟。那首诗里充满着恻隐之心，同时也充满着极大的勇气，令人起雄伟之感。孔子说得好："仁者必有勇。"古今伟大人物的生平大半都能证明真正敢作敢为的人往往是富于同类情感的。菩萨心肠与英雄气骨常有连带关系。最好的例是释迦。他未尝无人世空虚之感，但不因此打消救济人类世界的热望。"我不入地狱，谁入地狱！"这是何等的悲悯！同时，这是何等的勇气。孔子是另一个好例。他也明知"滔滔者天下皆是"，但是"知其不可为而为之"。"鸟兽不可与同群，吾非斯人之徒与而谁与？天下有道，丘不与易也。"这是何等的悲悯！同时，这是何等的勇气！世间勇于作淑世企图的人，无论是哲学家、宗教家或社会革命家，都有一片极深挚的悲悯心肠在驱遣他们，时时提起他们的勇气。

现在回到本文开始时所引的罗素的一段话。他说："人道的动机使我们尽一分力量来灭除其余九十九分力量所做的过恶，这是他们（中国人）所没有的。"这话似无可辩驳。但是我以为我们缺乏恻隐之心，倒不仅在遇饥荒不赈济，穷来卖儿女作奴隶，看到颠沛无告的人掩鼻而过之类的事情，而尤在许多人看到整个社会日趋于险境，不肯做一点挽救的企图。教育家们睁着眼睛看青年堕落，政治家们睁着眼睛看社会秩序紊乱，富商大贾睁着眼睛看经济濒危，都满不在意，仍是各谋各的安富尊荣，有心人会问："这是什么心肝？"如果我们回答说："这心肝缺乏恻隐。"也许有人觉得这话离题太远。其实病原全在这上面。成语中有"麻木不仁"的字样，意义极好，麻木与不仁是连带的。许多人对于社会所露的险象都太麻木，我想这是不能否认的。他们麻木，由于他们不仁（用我们的词语来说，缺乏恻隐之心）。麻木不仁，于是一切都受支配于盲目的自私。这毛病如何救济，大是问题。说来易，做来难。一般人把一切性格上的难问题都推到教育，教育是否有这样万能，我很怀疑。在我想，大灾大乱也许可以催促一部分人的猛省，先哲伦理思想的彻底认识以及佛耶二教的基本精神的吸收，也许可造成一种力量。无论如何，在建国事业中的心理建设项下，培养恻隐之心必定是一个重要的节目。

谈英雄崇拜

关于英雄崇拜有两种相反的看法,依一种看法,英雄造时势,人类文化各方面的发端与进展都靠着少数伟大人物去倡导推动,多数人只在随从附和。一个民族有无伟大成就,要看他有无伟大人物,也要看他中间多数民众对于伟大人物能否倾倒敬慕,闻风兴起。卡莱尔在他的名著《英雄崇拜》里大致持这种看法。"世界历史,"他说,"人类在这世界上所成就的事业的历史,骨子里就是在当中工作的几个伟大人物的历史。""英雄崇拜就是对于伟大人物的极高度的爱慕。在人类胸中没有一种情操比这对于高于自己者的爱慕更为高贵。"尼采的超人主义其实也是一种英雄崇拜主义涂上了一层哲学的色彩。但依另一种看法,时势造英雄,历史的原动力是多数民众，民众的努力造成每时代政教文化各方面的"大势所趋"，而所谓英雄不过顺承这"大势所趋"而加以尖锐化，并没有什么神奇。这是托尔斯泰在《战争与和平》里所提出的主张。他说："英雄只是贴在历史上的标签，他们的姓名只是历史事件的款识。"有些人根据这个主张而推论到英雄不必受崇拜。从史实看，自从古雅典城时代的群众领袖（demagogue）一直到现代极权国家的独裁者，有不少的事例可证明盲目的英雄崇拜往往酿成极大的灾祸。有些人根据这些事例而推论到英雄崇拜的危险。此外也还有些人以为崇拜英雄势必流于发展奴性，阻碍独立自由的企图，造成政治上的独裁与学术思想上的正统专制，与德谟克拉西精神根本不相容。

就大体说，反对英雄崇拜的理论在现代颇占优势，因为它很合一批不很英雄的人们的口胃。不过在事实上，英雄崇拜到现在还很普遍而且深固，无论带哪一种色彩的人心中都免不掉有几分。托尔斯泰不很看重英雄，而他自己却被许多人当作英雄去崇拜。这是一个很有趣而也很有意义的人生讽刺。社会靠着传统和反抗两种相反的势力演进。无论你站在哪一方壁垒，双方都各有它的理想的斗士，它的英雄；维拥传统者如此，反抗者也是如此。从有人类社会到现在，每时代每社会都有它的英雄，而英雄也都被人崇拜，这是铁一般的事实，没有人能否认的。我们在这里用不着替一个与历史俱久的事实辩护，我们只须研究它的涵义和在人生社会上的可能的功用。

什么叫做"英雄"。牛津字典所给 hero 的字义大要有四：第一是"具有超人的本领，为神灵所默佑者"；其次是"声名煊赫的战士，曾为国争战者"；第三是"其成就及高贵性格为人所景仰者"；最后是"诗和戏剧中的主角"。这四个意义显然是互相关联的。凡是英雄必定是非常人，得天独厚，能人之所难能，在艰危时代能为国家杀敌御侮，在承平时代他的事业和品学也能为民族的楷模，在任何重大事件中，他必是倡导推动者，如戏剧中的主角。他的名称有时不很一致，"圣贤"，"豪杰"，"至人"，所指的都大致相同。

一谈到英雄，大概没有不明了他是什么一种人；可是追问到究竟哪一个人才算是英雄，意见却很难一致。小孩子们看惯侠义小说，心目中的英雄是在峨眉山修炼得道的拳师剑侠；江湖帮客所知道的英雄是《水浒传》里所形容的梁山泊一群好汉和他们帮里的"舵把子"。读书人言必讲周孔，弄武艺的人拜关羽岳飞。古代和近代，中国和西方，所持的英雄标准也不完全一致。仔细研究起来，每种社会，每种阶级，甚至于每个人都各有各的英雄。所以这个意义似很明显的名称所指的究为何种人实在很难确定。

这也并不足为奇。英雄本是一种理想人物。一群人或一个人所崇拜的英雄其实就是他们的或他的人生理想的结晶。人生理想如忠孝节义智仁勇之类都是抽象概念,颇难捉摸,而人类心理习性常倾向于依附可捉摸的具体事例。英雄就是抽象的人生理想所实现的具体事例,他是一幅天然图画,大家都可以指着他向自己说:"像那样的人才是我们所应羡慕而仿效的!"说到英勇,一般人印象也许很模糊,但是一般人都知道崇拜秦皇汉武,或是亚历山大和拿破仑。人人尽管知道忠义为美德,但是要一般人为忠义所感动,千言万语也抵不上一篇岳飞或文天祥的叙传。每个人,每个社会,都有他的特殊的人生理想;很显然地,也就有他的特殊英雄。哲学家的英雄是孔子和苏格拉底,宗教家的英雄是释迦和耶稣,侵略者的英雄是拿破仑,而资本家的英雄则为煤油大王和钢铁大王。行行出状元,就是行行有英雄。

人们所崇拜的英雄尽管不同,而崇拜的心理则无二致。这心理分析起来也很复杂。每个英雄必有确足令人钦佩之点,经得起理智衡量,不仅能引起盲目的崇拜。但是"崇拜"是宗教上的术语，既云崇拜，就不免带有几分宗教的迷信，就不免有几分盲目。英雄尽管有不足崇拜处，可是我们既然崇拜他，就只看得见他的长处，看不见他的短处。"爱而知其恶"就不是崇拜，崇拜是无限制的敬慕，有时甚至失去理性。西谚说："没有人是他的仆从的英雄。"因为亲信的仆从对主人看得太清楚。古代帝王要"深居简出"，实有一套秘诀在里面。在崇拜的心理中，情感的成分远过于理智的成分。英雄崇拜的缺点在此，因为它免不掉几分盲目的迷信；但是优点也正在此，因为它是敬贤向上心的表现。敬贤向上是人类心灵中最可宝贵的一点光焰，个人能上进，社会能改良，文化能进展，都全靠有它在烛照。英雄常在我们心中煽燃这一点光焰，常提醒我们人性尊严的意识，将我们提升到高贵境界。崇拜英雄就是崇拜他所特有的道德价值。世间只有几种人不能崇拜英雄：一是愚昧者，根本不能辨别好坏；一是骄矜妒忌者，自私的野心蒙蔽了一切，不愿看旁人比自己高一层；一是所谓"犬儒"（cynics），轻世玩物，视一切无足道；最后就是丧尽天良者，毫无人性，自然也就没有人性中最高贵的虔敬心。这几种人以外，任何人都多少可以崇拜英雄，一个人能崇拜英雄，他多少还有上进的希望，因为他还有道德方面的价值意识。

崇拜英雄的情操是道德的，同时也是超道德的。所谓"超道德的"，就是美感的。太史公在《孔子世家》里说："高山仰止，景行行止。虽不能至，然心向往之。"这几句话写英雄崇拜的情绪最为精当。对着伟大人物，有如对着高山大海，使人起美学家所说的"崇高雄伟之感"（sense of the sublime）。依美学家的分析，起崇高雄伟感觉时，我们突然间发现对象无限伟大，无形中自觉此身渺小，不免肃然起敬，栗然生畏，惊奇赞叹，有如发呆；但惊心动魄之余，就继以心领神会，物我同一而生命起交流，我们于不知不觉中吸收融会那一种伟大的气魄，而自己也振作奋发起来，仿佛在模仿它，努力提升到同样伟大的境界。对高山大海如此，对暴风暴雨如此，对伟大英雄也如此。崇拜英雄是好善也是审美。在人生胜境，善与美常合而为一，此其一例。

这种所描写的自然只是极境，在实际上英雄崇拜有深有浅，不一定都达到这种极境。但无论深浅，它的影响都大体是好的。社会的形成与维系都不外借宗教政治教育学术几种"文化"的势力。宗教起于英雄崇拜，卡莱尔已经详论过。世界中最宗教的民族要算希伯来人，读《旧约》的人们大概都明了希伯来也是一个最崇拜英雄的民族。政治的灵魂在秩序组织，而秩序组织的建立与维持必赖有领袖。一个政治团体里有领袖能号召，能得人心悦诚服，政治没有不修明的。极权国家固然需要独裁者，民主国家仍然需要独裁者，无论你给他什么一个名义。至于教育学术也都需要有人开风气之先。假想没有孔墨庄老几个哲人，中国学术思想还留在怎样一个地位！没有柏拉图、亚里士多德、笛卡儿、康德几个哲人，西方学术思想还留在怎样一个地位！如此等类问题是颇耐人寻思的。俗话有一句说得有趣："山中无老虎，猴子称霸王。"阮步兵登广武曾发"时无英雄，遂令竖子成名"之叹。一个国家民族到了"猴子称霸王"或是"竖子成名"的时候，他的文化水准也就可想而见了。

学习就是模仿，人是最善于学习的动物，因为他是最善于模仿的动物。模仿必有模型，模型的美丑注定模仿品的好丑，所谓"种瓜得瓜，种豆得豆"。英雄（或是叫他"圣贤"，"豪杰"）是学做人的好模型。所以从教育观点看，我们主张维持一般人所认为过时的英雄崇拜。尤其在青年时代，意象的力量大于概念，与其向他们说仁义道德，不如指点几个有血有肉的具有仁义道德的人给他们看。教育重人格感化，必须是一个具体的人格才真正有感化力。

我们民族中从古至今，做人的好模型委实不少，可惜长篇传记不发达，许多伟大人物都埋在断简残篇里面，不能以全副面目活现于青年读者眼前。这个缺陷希望将来有史家去弥补。

谈青年与恋爱结婚

在动物阶层,性爱不成问题,因为一切顺着自然倾向,不失时,不反常,所以也就合理。在原始人类社会,性爱不成为严重的问题,因为大体上还是顺自然倾向的,纵有社会裁制,习惯成了自然,大家也就相安无事。在近代开化的社会,性爱的问题变成很严重,因为自然倾向与社会裁制发生激烈的冲突,失时和反常的现象常发生,伦理的、宗教的、法律的、经济的、社会的关系愈复杂,纠纷愈多而解决愈困难。这困难成年人感觉到很迫切,青年人感觉到尤其迫切。性爱在青年期有一个极大的矛盾:一方面性欲在青年期由潜伏而旺盛,力量特别强烈;一方面种种理由使青年人不适宜于性生活的活动。

先说青年人不适宜于性爱的理由:

一、恋爱的正常归宿是结婚，结婚的正常归宿是生儿养女，成立家庭。青年处学习期，在事业上尚无成就，在经济上未能独立，负不起成立家庭教养子女的责任。恋爱固然可以不结婚，但是性的冲动培养到最紧张的程度而没有正常的发泄，那是违反自然，从医学和心理学观点看，对于身心都有很大的妨害。结婚固然也可以节制生育，但是寻常婚后生活中，子女的爱是夫妻中间一个重要的联系，培养起另一代人原是结婚男女的共同目标与共同兴趣，把这共同目标与共同兴趣用不自然的方法割去了，结婚男女的生活就很干枯，他们的情感也就逐渐冷淡。这对于种族和个人都没有裨益，失去了恋爱与婚姻的本来作用。

二、青年身体发展尚未完全成熟，早婚妨碍健康，尽人皆知；如果生儿养女，下一代人也必定比较羸弱，可以影响到民族的体力，我国已往在这方面吃的亏委实不小。还不仅此，据一般心理学家的观察，性格的成熟常晚于体格的成熟，青年在体格方面尽管已成年，在心理方面往往还很幼稚，男子尤其是如此。在二十余岁的光景，他们心中装满着稚气的幻想，没有多方的人生经验，认不清现实，情感游离浮动，理智和意志都很薄弱，性格极易变动，尤其是缺乏审慎周详的抉择力与判断力，今天做的事明天就会懊悔。假如他们钟情一个女子，马上就会陷入沉醉迷狂状态，把爱的实现看得比世间任何事都较重要；达不到目的，世界就显得黑暗，人生就显得无味，觉得非自杀不可；达到目的，结婚就成了"恋爱的坟墓"，从前的仙子就是现在的手镣脚铐。到了这步田地，他们不是牺牲自己的幸福，就是牺牲别人的幸福。许多有为青年的前途就这样毁去了，让体格性格都不成熟的青年人去试人生极大的冒险，那简直是一个极大的罪孽。

三、人生可分几个时期，每时期有每时期的正当使命与正当工作。青年期的正当使命是准备做人，正当工作是学习。在准备做人时，在学习时，无论是恋爱或结婚都是一种妨害。人生精力有限，在恋爱和结婚上面消耗了一些，余剩可用于学习的就不够。在大学期间结婚的学生成绩必不会顶好，在中学期间结婚的学生的前途决不会有很大的希望。自己还带乳臭，就腼颜准备做父母，还满口在谈幸福，社会上有这现象，就显得它有些病态。恋爱用不着反对，结婚更用不着反对，只是不能"用违其时"。禽兽性生活的优点就在不失时，一生中有一个正当的时期，一年中有一个正当的季节。在人类，正当的时期是壮年，老年人过时，青年人不及时，青年人恋爱结婚，与老年人恋爱结婚，是同样的反常可笑。

假如我们根据这几条理由，就绝对反对青年谈恋爱，是否可能呢？我自己也是过来人，略知此中甘苦，凭自己的经验和对旁人的观察，我可以大胆地说：在三十岁以前，一个人假如不受爱情的搅扰，对男女间事不发生很大的兴趣，专心致志地去做他的学问，那是再好没有的事，他可以多得些成就，少得些苦恼。我还可以说，像这样天真烂漫地过去青春的人，世间也并非绝对没有，而且如果我们认定三十岁左右为正当的结婚年龄，从生物学观点看，这种人也不能算是不自然或不近人情。不过我们也须得承认，在近代社会中，这种浑厚的青年人确实很少，少的原因是在近代生活对于性爱有许多不健康的暗示与刺激，以及教育方面的欠缺。家庭和学校对男女间事绝对不准谈，仿佛这中间事极神秘或是极不体面，有不可告人处。只这印象对儿童们影响就很坏。他们好奇心特别强，你愈想瞒，他们就愈想知道。他们或是从大人方面窥出一些偷偷摸摸的事，或是从一块儿游戏的顽童听到一些淫秽的话。不久他们的性的冲动逐渐发达了，这些不良的种子就在他们心中发芽生枝，好奇心以外又加上模仿本能的活动。他们开始看容易刺激性欲的小说或电影，注意窥探性生活的秘密，甚至想自己也跳到那热闹舞台上去表演。他们年纪轻，正当的对象自无法可得，于是演出种种"性的反常"现象，如同性爱、自性爱、手淫之类。如果他们生在都市里，年纪比较大一点，说不定还和不正当的女人来往。如果他们进了大学，读过一些讴歌恋爱的诗文，看过一些甜情蜜意的榜样，就会觉得恋爱是大学生活中应有的一幕，自己少不得也要凑趣应景，否则即是一个缺陷，一宗耻辱。我们可以说，现在一般青年从幼稚园到大学，沿途所受的性生活的影响都是不健康的，无怪他们向不健康的路径走。

自命为"有心人"的看到这种景象，或是嗟叹世风不古，或是诅咒近代教育，想拿古老的教条来钳制近代青年的活动。世风不古是事实，无用嗟叹，在任何时代，世风都不会"古"的。世界既已演变到现在这个阶段，要想回到男女授受不亲那种状态，未免是痴人说梦。我个人的主张是要把科学知识尽量地应用到性爱问题上面来，使一般人一方面明白它在生物学、生理学和心理学上的意义，一方面也认清它所连带的社会、政治、经济各方面的责任。这问题，像一切其他人生问题一样，可以用冷静的头脑去思索，不必把它摆在一种带有宗教性的神秘氛围里。神秘本身就是一种诱惑，暗中摸索都难免跌跤。

就大体说，我赞成用很自然的方法引导青年撇开恋爱和结婚的路。所谓自然的方法有两种。第一是精力有所发挥，精神有所委托。一个人心无二用，却也不能没有所用。青年人精力最弥满，要他闲着无所用，就难免泛滥横流。假如他在工作里发生兴趣，在文艺里发生兴趣，甚至在游戏运动里发生兴趣，这就可以垄断他的心神，不叫它旁迁他涉。我知道很多青年因为心有所用，很自然地没有走上恋爱的路。第二是改善社交生活，使同情心得到滋养。青年人最需要的是同情，最怕的是寂寞，愈寂寞就愈感觉异性需要的迫切。一般青年追求异性，与其说是迫于性的冲动，毋宁说是迫于同情的需要。要满足这需要，社交生活如果丰富也就够了。一个青年如果有亲热的家庭生活，加上温暖的团体生活，不感觉到孤寂，他虽然还有"遇"恋爱的可能，却无"谋"恋爱的必要。

这番话并非反对男女青年的正常交际，反之，我认为男女社交公开是改善社交生活的一端。愈隔绝，神秘观念愈深，把男女关系看成神秘，从任何观点看，都是要不得的。我虽然赞成叔本华的"男女的爱都是性爱"的看法，却不敢同意王尔德的"男女间只有爱情而无友谊"的看法。因为友谊有深有浅，友谊没有深到变为爱情的程度是常见的。据我个人的观察，青年施受同情的需要虽很强烈，而把同情专注在某一个对象上并不是一个很自然的现象。无论在同性中或异性中，一个人很可能地同时有几个好友。交谊愈广泛，发生恋爱的可能性也就愈少。一个青年最危险的遭遇莫过于向来没有和一个女子有较深的接触，一碰见第一个女子就爱上了她。许多在男女社交方面没有经验的青年却往往是如此，而许多悲剧也就如此酿成。

在男女社交公开中，"遇"恋爱自然很可能，但是危险性比较小，双方对于异性都有较清楚的认识。既然"遇"上了恋爱，一个人最好认清这是一件极自然极平凡而亦极严重的事。他不应视为儿戏，却也不应沉醉在诗人的幻想里，他应该用最写实的态度去应付它。如果"恋爱至上"，他也要从生物学观点把它看成"至上"，与爱神无关，与超验哲学更无关。他就要准备作正常的归宿——结婚，生儿养女和担负家庭的责任。

柏拉图到晚年计划第二"理想国"，写成一本书叫做《法律》，里面有一段话颇有意思，现在译来作本文的结束：

"我们的公民不应比鸟类和许多其他动物都不如，它们一生育就是一大群，不到生殖的年龄却不结婚，维持着贞洁。但是到了适当的时候，雌雄就配合起来，相欢相爱，终身过着圣洁和天真的生活，牢守着它们的原来的合同——真的，我们应该向他们（公民们）说，你们须比禽兽高明些。"

学业·职业·事业

每个有志气的人，在他的生平都不免为三件事操心。在学校时代，他关心学业；离开学校，他关心职业；有了职业，他关心事业。这自然只是一种粗略的分期，也有许多人始终就专在学业、职业或事业上打计算。总之，这三个名词的意义对于一般人大半不成为问题，不过从逻辑的眼光来分析，我们不能说它是三件互不相同的事。它们的关系还须待确定。

先说"业"。《说文》所定的这个字的原始意义是钟架上一块木板，与我们所谈的没有多大关系。就"业"字所常用在的语句看（如"进德修业"，"业精于勤"，"以农为业"，"成大业"，"创业守成"，等等），我们可以看出两点：第一是学业、职业和事业都可以叫做业，第二是这个"业"字含有相当指流行语"工作"一词的意义。佛典常用"业"字，和"行"字同义，凡人为造作通可叫做"业"，例如思想、言语、行为，都可是一种"业"，"业"简直就相当于流行语的活动。我们可以说，"业"是人运用他的力量做一种工作或活动；所进行的工作或活动叫做"业"，工作或活动所成就的结果也可以叫做"业"。

依这种解释看，学业就是学问的工作或活动，职业就是职分所在的工作或活动。工作或活动就是"事"，所以"事业"是只有一个意义的复词，学问是一种事业，职业也还是一种事业。如果事业还另有特殊意义，那就只能指工作或活动的成就。依这种意义说，在职业上可以成就事业，在学问上也还可以成就事业。总上两义，学业与事业，职业与事业，在逻辑上都不应分开；我们至多只能说"事业"比"学业"或"职业"含义较广泛，不过这也还有问题。

问题在学业与职业是否绝对为两回事。一般人说"职业"，似带有一种误解，以为职业是衣食工具，"谋职业"就等于"谋生活"，也就等于"谋衣食"，这里"职业"和"生活"两个词的意义都同样窄狭化得很离奇可笑。在这种用字的习惯上，我们可以见出一般人的生活理想的低落。顾名思义，"职业"显然是职分以内的事业。所谓"职分"是起于社会的分工合作的需要。社会上有许多事要做，一个人不能同时做许多事，于是这个人种田，那一个人经商，另一个人做工匠，如此分工，每个人有一个"职分"，都能各尽"职分"帮助社会大机器的轮子旋转，以一分工作的效益，换取同群许多分工作的效益，"吾尽所能，各取所需"，于是人与社会两得其便。每个人有一个"职分"，对于那"职分"就负有责任，须把那"职分"以内的事做好。对于"职分"不尽责就是不称职。职与责是不能分开的。

回到原来的问题，学业与职业是否绝对为两回事呢？从两个观点看，它们也不应分开。

第一，从狭义的学业说，学业是某一种专门学术的研究。专门的学术研究需要长久的集中的力量。一个人既研究一种专门学术，他就没有时间精力去干别的事。社会需要学术的进展，就需有一部分人以研究学术为"职业"。做学问是学者的职分以内的事，正如种田是农人的职分以内的事，他们的成就都于社会有益，他们都负有责任在自家职分以内求有成就。照这样看，学业还是可以当作一种职业。

其次，就广义的学业说，学业是每一种职业必有的准备。

一切工作（尤其是在近代社会分工很严密的工作）都需要学习，每一行都有一套专门学问，所以你如果想把某一种职分以内的事做好，你就必须先把它学好，不但如此，工作本身也就是学习。有些人以为在学校里学得一种学问，学业便可告结束，以后入社会就职业，只须拿这一套法宝作无尽期的应用。这不但是误解学业，也是误解职业。最亲切最实在的学问大半不是从书本得来，而是从实地亲身经验得来的。古人所谓"到处留心皆学问"，就是有见于此。同时，到处留心学问的人可以说"学"与"事"相得益彰，不致犯不学无术的毛病，在职业上才能成就真正的事业。一辈子拘受一部讲义的人决不是一个好教员，一辈子拘守一部步兵操典的人决不是一个好战士，余可类推。所以要想把一种职业做好，必须把职业当作学业看。

依以上的分析，学业、职业和事业应该是三位一体。学业或职业如果不能成为事业，那就空洞无成就。学业和职业如果不能打成一片，学业就只是私人的嗜好，不能成为社会中的一种职分，对社会没有效益；职业也就降为与学问脱节的盲目的衣食营求，干枯无味。

职业与学业一贯，然后所学即所用，所用即所学，人得其事，事得其人，不过这只是理想，事实上一个人的职业往往和他的学业不很相关。这是由于有些学业不能为谋生之具，一个人一方面要忠于一种没有经济价值的学问，一方面又要维持生计，于是不得不就一种与自家专门学问无关的职业。最显著的例子是大哲学家斯宾诺莎，他为着要保持学术思想的自由，拒绝当大学教授，宁愿操磨镜片的职业，借以营生。英国文学家兰姆写得那样一笔奇特而隽永的散文，而他的终身职业只是一个公司的书记。波兰小说家康拉德在商船上当过多年的水手。英国诗人蒙罗在伦敦一条小街上经营一个小书店。这种实例在西方很多。这种办法颇有它的长处。不靠所研究的学业来谋生，可以保持学业的独立自由；同时，在本行以外就一种职业，也可以扩大眼界，增加生活经验。在目前中国，一般人囿于浅狭的功利主义，都争去学可以赚钱的学问，而文哲数理一类虽是冷门而却极重要的学问很少有人问津，这对于文化学术的全局是一个危险的现象。有志于纯粹学术的人们最好拿斯宾诺莎、兰姆诸人做榜样，一方面埋头做自己的学问，一方面操一种副业，使生计有着落。这种办法的存在，当然显示社会组织有毛病，不过在社会组织未完善以前我们只有这个办法可采用。将来社会合理化时，我们希望每一项学术工作者都不感受生活的压迫，每一种学业同时就是一种职业。

在另外一种情形之下，学业与职业也不完全相称，这就是通才就专职。政府行政工作本来也还是一种职业，可是一直到现在，各国还很少在学校里设专门学科去训练议员部长以及其他公务员。在从前中国，政府大小职位，上自宰相，下至县丞，大半依科举履历任命，由科举进身者所读的书大半不外经史诗文，而做的职务却可以彼此相差很远。一榜及第的人有典钱谷的，有主试的，有带兵的，有典刑狱的，有掌漕运的。职务和学问似没有显著的关系。这种情形在目前似还没有经过很大的变更，在英国情形也很类似。一个人在牛津或剑桥毕业了，就可以参加文官考试，及格了，无论所学的是什么，可以被派到任何官厅去服务。如果他想做大一点的官，他可以运动入国会，只要有本领，就不愁没有阁员当。所谓本领也并非专门学术。比如现在首相丘吉尔，做过好久的海军大臣，却没有学过海军，他本来是文人，当过新闻记者。专才学一行才能做一行，通才无须学那一行才能做那一行。医工农商等等需要专才，而社会领导工作则需要通才。近代教育似正在徘徊于两种理想之间，一是"职业教育"的理想，一是"自由教育"的理想，学业须包含品格、学识各方面的普遍修养，不能窄狭化到学徒训练。依我个人想，自由教育对于社会领导工作实在比职业教育重要，不过这两种理想也并非绝对不能相容，专门的技术训练和普通的品格学识修养最好是并行不悖。

择学择业对于一个人是一个极重的问题。首先要考虑的是个人的资禀与兴趣。我曾观察过许多人所学的和所做的全与他们性不相近。有些学文艺的人对于人生世相看不出丝毫情趣，遇事称斤称两，谈吐干燥无味，他们理应学商业或是法律。有些工程师根本没有科学的头脑，却欢喜做点旧诗，结交大人阔佬，他们理应干政治。如此等类，不胜枚举，性不相近，纵然是努力，也往往劳而无补，对于个人和社会都是精力的浪费。在美国，"职业测验"已成为一种专门学问。一个人对于择学择业如有疑难可以找一个专家用测验来解决。这种测验内容或很幼稚肤浅，但是它的原则是不错的。我们希望测验的方法日趋精密，将来一个人在学一门学问或是就一种职业之先，都仔细经过一番测验，免得走错门路。

一个人的性之所近，大半自己明白。有些人明明知道自己的长短而却不根据它来决定志向，这大半误于名利观念。现在学生们都欢喜学工程或经济，以为出路好，容易赚钱。存这种心理的人根本不配谈学问，也根本不能做好一行职业，因为他们的兴趣不在学业或职业自身的成就，而在它对于个人所能产生的实利。得鱼忘筌，钱赚到手了，学业和事业有无成就却不必管。这种人的毛病都在短见。"行行出状元"，世间宁有哪一种学问不能学好，或是哪一种职业不能做好？宁有其正在学业和事业上有成就的人会穷得要饿死？如果以为某一行比较走时运，或比较容易成功，不费多少气力就可以有成就，这也是妄想。世间没有一件有价值的事可以不费力就能学好做好。我们必须谨记着"不问收获，只问耕耘"一句至理名言。下一分功夫，自然有一分成就。世间纵然也偶有不劳而获的事，那是苟且侥幸，除着寄生虫，都不应存苟且侥幸的心理。

此外，我们中国人对于职业向来有一个更错误的观念，以为世间职业有些是天生的高贵，有些是天生的下贱。所以大家都希望做官而不希望做农工兵警。其实职业起于社会的分工合作的需要。社会需要一种职业，那一种职业就对于社会有效益。一个人有无荣誉，不能看他任的什么职业，应该看他在他的职位是否尽责。一个误国的总统或部长实在抵不上一个勤恳尽职的清道夫。我们通常对于"不才而在高位"者的阔绰排场备致欣羡，对于老老实实替社会造福的农人工人反存鄙视。这是一种可耻的价值意识的颠倒。

无论在学业或职业中想成就事业，都需要两种基本德行。第一是"公"。公就是公道公理。一个问题的看法，一个事件的处理，都须依据一个客观的普遍的道理，对自己说得过去，对他人也说得过去，无论谁来看，都会觉得这是最合理的解决，学问也好，事业也好，都要尊重这种公道公理，才不致发生弊端。公的反面是私。世间许多人许多事都败于私心自用。做学问存私心，便为偏见所蒙蔽，寻不着真理；做事存私心，便不免假公济私，贪污苟且，败坏自己的人格，也败坏社会的利益。其次是"忠"。"忠"是死心塌地地爱护自己的职守，不肯放弃它或疏忽它。把学问当作敲门砖，把职业当作营私的门径，就是不忠于所学所职，为着势利的引诱、放弃自己的学业或职业去做别的勾当，其行为也正等于汉奸卖国，都是不忠。忠才能有牺牲的精神，不计私人利害，固守职分所在的岗位，坚持到底，以底于成。忠是基本德行，有了它也就有了两种附带的德行，勤与勇。勤是精进不懈，时时刻刻努力前进，务求把事做好；勇是无畏不屈，遇到任何困难，都必须拼命把它克服。懒怠与怯懦是治学与治事的大忌；它们的病源在缺乏忠诚与忠诚所附带的热情。

　　每个人都是自己的命运的主宰,每个人的江山都依仗自己的奋斗才打得来。这个世界是冷酷无情的,一个人如果想以寄生虫的心习,去侥幸获取只有勤奋的蜂蚁所能获到的花蜜,他终久必归自然淘汰。万一他成功侥幸一时,社会所受的祸害也就很大,一条寄生虫有时可以危害到一个人的性命,凡是关心学业、职业和事业的人,须记起这一番简单的道理。